雨的四季·海之幻

刘湛秋 ◎ 著

长江出版传媒

长江文艺出版社

图书在版编目（CIP）数据

雨的四季·海之幻 / 刘湛秋著. -- 武汉：长江文
艺出版社，2024.6
　（初中语文同步阅读）
　ISBN 978-7-5702-3609-1

　Ⅰ. ①雨… Ⅱ. ①刘… Ⅲ. ①散文集－中国－当代②
诗集－中国－当代 Ⅳ. ①I217.2

中国国家版本馆 CIP 数据核字(2024)第 104882 号

雨的四季·海之幻
YU DE SIJI·HAI ZHI HUAN

责任编辑：王　虎　　　　　　　　　责任校对：毛季慧
封面设计：陈希璇　　　　　　　　　责任印制：邱　莉　杨　帆

出版：长江出版传媒　长江文艺出版社
地址：武汉市雄楚大街 268 号　　　　邮编：430070
发行：长江文艺出版社
http://www.cjlap.com
印刷：武汉市籍缘印刷厂

开本：640 毫米×970 毫米　　1/16　　印张：12.25
版次：2024 年 6 月第 1 版　　　　2024 年 6 月第 1 次印刷
字数：149 千字

定价：26.00 元

目 录

第一辑　雨的四季

第四辑　林中草莓

第一辑

雨 的 四 季

雨的四季

我喜欢雨，无论什么季节的雨，我都喜欢。她给我的印象和记忆，永远是美的。

春天，树叶开始闪出黄青，花苞轻轻地在风中摆动，似乎还带着一种冬天的昏黄。可是只要经过一场春雨的洗淋，那种颜色和神态是难以想象的。每一棵树仿佛都睁开特别明亮的眼睛，树枝的手臂也顿时柔软了，而那萌发的叶子，简直就起伏着一层绿茵茵的波浪。水珠子从花苞里滴下来，比少女的眼泪还娇媚。半空中似乎总挂着透明的水雾的丝帘，牵动着阳光的彩棱镜。这时，整个大地是美丽的，小草似乎像复苏的蚯蚓一样翻动，发出一种春天才能听到的沙沙声。呼吸变得畅快，空气里像有无数芳甜的果子，在诱惑着鼻子和嘴唇。真的，只有这一场雨，才完全驱走了冬天，才使世界改变了姿容。

而夏天，就更是别有一番风情了。夏天的雨也有夏天的性格，热烈而又粗犷。天上聚集几朵乌云，有时连一点雷的预告也没有；当你还来不及思索，豆粒的雨点就打来了。可这时雨也并不可怕，因为你浑身的毛孔都热得张开了嘴，巴望着那清凉的甘露。打伞，戴斗笠，固然能保持住身上的干净。可光头浇，洗个雨澡却更有滋味，只是淋湿的头发、额头、睫毛滴着水，挡着眼睛的视线，耳朵也有些痒嗦嗦的。这时，你会更喜欢一切。如果

3

说，春雨给大地披上美丽的衣裳，而经过几场夏天的透雨的浇灌，大地就以自己的丰满而展示它全部的诱惑了。一切都毫不掩饰地敞开了。花朵怒放着，树叶鼓着浆汁，数不清的杂草争先恐后地成长，暑气被一片绿的海绵吸收着。而荷叶铺满了河面，迫切地等待着雨点和远方的蝉声，近处的蛙鼓一起奏起了夏天的雨的交响曲。

当田野上染上一层金黄，各种各样的果实摇着铃铛的时候，雨，似乎也像出嫁生了孩子的母亲，显得端庄而又沉思了。这时候，雨不大出门。田野上几乎总是金黄的太阳。也许，人们都忘记了雨。成熟的庄稼地等待收割，金灿灿的种子需要晒干，甚至红透了的山果也希望得到最后的晒甜。忽然，在一个夜晚，窗玻璃上发出了响声，那是雨，是使人静谧，使人怀想，使人动情的秋雨啊！天空是暗的，但雨却闪着光；田野是静的，但雨在倾诉着。顿时，你会产生一脉悠远的情思。在人们劳累了一个春夏，在收获已经在大门口的时候，多么需要安静和沉思啊！雨变得更轻，也更深情了。水声在屋檐下，水花在窗玻璃上，会陪伴着你的夜梦。如果你怀着那种快乐感的话，那白天的秋雨也不会使人厌烦。你只会感到更高邈、深远，并让凄冷的雨滴，去纯净你的灵魂，而且一定会遥望：在一场秋雨后将出现一个更净美、开阔的大地。

也许，到冬天来临，人们会讨厌雨吧！但这时候，雨已经化装了，它经常变成美丽的雪花，飘然莅临人间。在南国，雨仍然偶尔造访大地，但它变得更吝啬了。它既不倾盆瓢泼，又不绵绵如丝或淅淅沥沥，它显出一种自然、平静。在冬日灰蒙蒙的天空中，雨变得透明，甚至有些干巴，几乎没有春、夏、秋那样富有色彩。但是，在人们受够了冷冽的风的刺激，讨厌那干涩而苦的气息，当雨在头顶上飘落的时候，似乎又降临了一种特殊的温暖，仿佛从那湿润中又漾出花和树叶的气息。那种清冷是柔和的，没有北风那样咄咄逼人。远远地望过去，收割过的田野变得银亮，没有叶的枝干，淋着雨的草垛，对着瓷色的天空，像一幅干净利落的木刻。而近处池畦里的油菜，经这冬雨一洗，甚至忘记了严冬。忽然到了晚间，水银柱降下来，黎明提前敲着窗户，你睁眼一看，屋顶，树枝，街道，都已经盖上柔软的雪被，地上的光亮比天上还亮。这雨的精灵，雨的公主，给南国城市和田野带来异常的蜜情，是它送给人们一年中最后的一份礼物。

啊，雨，我的爱恋的雨啊，你一年四季常在我的眼前流动。你给我的生命带来活跃，你给我的感情带来滋润，你给我的思想带来开阔。只有在雨中，我才真正感到这世界是活的，是有欢乐和泪水的。但在北方干燥的城市，我们的相逢是多么稀少！只希望日益增多的绿色，能把你请回我们的生活之中。

啊，总是美丽而使人爱恋的雨啊！

小 河

在江南水乡生活过的人，是幸福的。

因为有那么多的小河（真像蛛网一样密啊），因为有那么多比任何路都平滑的小河，因为有那么多载着云彩、蓝天并充满奇丽幻想的小河……

大地不再是静止的图书了。小河是它的肢体，舞动起来；是它的嘴巴，发出唱歌的声音；是它的眼睛，滴溜溜地寻找着一切。

大地也因而有了色彩。小河日夜滋润着它，使它泛青，变绿，转红，小河像奇妙的幕布，每一次拉开，两岸就变换一番景象。小河是大自然的美容师，任何的干瘪，皱褶，粗糙，皲裂，小河都能使其舒展。无花的大地，在小河旁是不存在的，那么，在这种活跃、葱郁、绚丽的氛围中生活的人，会没有美丽的外貌、性格和气质吗？

那水的灵气是无所不在的。呼吸它吧，啜饮它吧，让它浸透到自然和人的每一个细胞和毛孔中吧！（这是幸福之泉啊……）

2

船往往就靠在家门口。

扛一把桨出来，解缆划桨，你就完全自由了。

往东，朝西，转南，向北，你随意去划，没有死胡同，也没有堵塞的路。这里的河流像人体内的血管一样，从极细的毛细血管也会通向心脏。你可以造访许多村庄，看望很多你想见的人，甚至不用上岸。当然，你也可扬帆远去，到一个小城，或者索性驶进大江、大湖。

你的心情是极其畅快的，你不用担心下雨，你可以躲进小船里，晚上就睡在舱板上，还可以生火做饭，温上一壶酒……

这时，船是一个家，小河就是你的世界……

3

谁能忘记水乡的少女？

她们的灵秀是天生的，是清粼粼的水浇铸出来的。

她们的面庞白里透粉色，细腻的皮肤像河水那么平滑，眼睛乌黑透亮，那柔美的发或绾成髻，或打成辫子，或随意地披在身后，都像云、像浪那样细软。

而她们的神态呢！她们在夏天赤着足，轻盈得有如莲荷摆动。她们会灵巧地撑起溜子船，赶着一群雪白的鹅，她们也会爬树，样子楚楚动人，当她们采桑回来的时候，像轻风下一支支歌曲。

她们习惯了这水，这绿色的村庄，她们很少出门，对采访的客人总报以羞怯的微笑。

忽然，一个少女从绿荫草丛中探出头，你顿时感到，眼前绽开了一朵鲜艳的花。

黄昏，从遥远的地方传来一声清脆的回答："来啦!"像一阵银铃的颤动，仿佛真的从水底跃出，滴着一颗颗的水珠……

4

我爱月光下的小河。

南国的月，本来就是温柔的，更有这清莹莹的水，小河和月光都分外妖媚了。

只有几片云彩的夜，几乎是没有风的，水面像一块完整的墨绿的玻璃，在有月光照耀的地方，呈现出一条白色的玉带，像河中之河——那么，船驶进了那条月光的河，会到月亮中去吗？

这时，鱼儿怕也睡了，水草也睡了，河滨飘荡着神秘的静谧的气息，甚至连河上的水鸟也都找不到踪影。

仿佛是一种期待，一种思维放松后才能出现的那种思想。从河上轻飘而来的月光，只朝你望一望，没有任何的打扰。

这时，只有在岸边树影下的草丛里，偶尔能传来几声虫鸣，对月光和小河发出隐约的倾诉。

5

河上的欢乐是最美的欢乐。

站在船头，唱一支心爱的歌。歌声在飘动，两岸的景色仿佛随着歌声在变幻。陆地上什么舞台能有船上的舞台这么广阔、自如呢？

怎能忘记家乡清清的小河哟

杨柳依依，桃花染红了波浪

燕子呢喃，衔来多少明媚春光

微风吹着细雨

送白帆飘向远方……

我的家哟，你常在我梦中出现

我的家哟，思念如此绵绵

什么时候，我又能回到你身旁

像朵白云，自由自在地流浪

　　唱歌的人和船儿一起走了，歌声留在河上，波纹的唱片，慢慢地旋转，一圈圈，把那甜甜的秘密，旋进河的深底。

　　谁扔过来一枝杜鹃花，瞧不见那人的脸，只感觉到温暖的微笑；于是河中心又旋转开新的唱片，仿佛是对那远去歌人的回答……

6

　　我的思维，你也像家乡的小河一样灵活、美丽、自由吗？

　　你也有辉煌的太阳照耀着，也有和煦的春风吹拂，也飘来绵绵的细雨，滋润那看不见的细胞。

　　常常是无风也飘荡起波纹，在白天有着严肃和轻快的思索，在夜晚有痛苦和幸福的梦。这无数神经的小河，密密交织，跟着我走向我们的生活。

　　它没有决堤的危险，它只担心枯竭，它喜欢涨满一河春水，扬起所有的帆；它甚至不企求避风的港湾，如果有那么些码头，那只是为了转运和卸装。

让一切我喜爱的美都驶进我的小河里，让我们在思维的河水里默默地交融。

7

我记忆中的一切美都来自家乡的小河。是它哺育出我思维的小河。

它是我感受和创造的源泉啊！

南国的细雨，轻飘飘地，在每一条河上织成一挂令人神往的丝网！

森林里的夏天

谁没有在夏天去过森林，哪怕只度过一个白天或一个夜晚，他就不会真正懂得夏天！

沙漠上有夏天，可砾石烫得可怕；大街上也有夏天，可只能见到汽水和冰激凌；海滩上也有夏天，太阳照着迷人的海水，但并没有完全展开夏天的魅力……

那么夏天在哪里呢？夏天的秘密就藏在森林里，只有在那儿才能窥视到它的全部美丽、神奇，才能听到它的各种旋律是那样的新异。

啊，到处都是绿，欣欣向荣的绿，这奔放而不可遏制的绿，包围着你的视线和呼吸。从脚底的苔藓，到杉树高耸的伞盖，一层又一层的绿，奇丽的绿的建筑，像幻影，却又是真实的。这时，从炎热中来的你，会有什么感觉？这不仅是一片绿荫带给了你凉爽，更是那整个的绿——绿的云，绿的丝绒，把你整个身心都融化了。轻盈的绿的流动，不断地纯净着你，排除你的杂念和烦恼，滋生出像叶绿素那样美好的希冀。

但这儿，仍然是不折不扣的夏天，它充满了热烈和夏天特有的使人感官开放的气息。头顶上的太阳依然发散着炎热，可光线的翅膀一接触到绿枝，就像驯服了的鸽子的翅膀，温柔而可爱。在各种线条和形状组合成的枝干、果实和绿叶中，错错落落的阳光悄悄地洒下来，像飘落的花瓣；忽然，从一点叶的缝隙中，它照射过来，微风摇动树叶时，它又变成一注瀑布，偶尔又显出彩色的虹……

最吸引人的还是那奇妙的声音。你会从看不见的地方，听到各种各样清脆的鸟鸣，有的像轻快的笛声，有的像柔美的小提琴，有的像幽怨的单簧管，可当你抬起头，却看不见这些可爱的小鸟，它们藏在密密的树枝里，森林舞台都没揭开幕布呢！还有蝉的鸣叫，蝴蝶扑动的唑唑声，都和绿叶发生了共鸣，产生了愉快的乐音。忽然，你又听到溪水淙淙，似乎就在眼前，又仿佛很遥远，这声音和着整个的森林交响乐，像竖琴，在一片绿色中颤动，它在不停地呼唤着：爱吧，这瑰丽多彩的夏天！

这一瞬间，生活好像变了：你的生命和理想，就像眼前的一片葱绿，像泥土不断喷出幼芽，也加快了节奏，展开了翅膀，去寻求乐观、奔放和热烈，并把你感受到的夏天的全部美丽注入你的最崇高的信念！

漫步在凋零的树林

一个阳光如水的深秋，我在林中漫步。

我为那疏朗和高远而迷惑了。盛夏所给人的那种局促感和拥挤感顿时消散，目光犹如自由飞翔的小鸟，几乎碰不到多少屏障。

身边的树或曲或直伸向天空。由于抖落了许多叶子，枝干显得更清晰了，在湖水般天空的反射下，勾勒出遒劲的线条。从这些线条织成的网纹中看过去，大自然更富有奇幻而不可捉摸的风韵。

我踏着沙沙响的落叶，偶尔伸出手去接一片在微风中旋转的枯黄的或暗红的落叶，体验着身心的轻快。我仔细地辨别落叶上那卷曲的脉络，闻着那干涩的气味；而且，随着脚步的移动，谛听着落叶发出的声音。

我望着树，树也望着我。我们没有语言的交流。也许，在这孤独和静谧中，我们之间存在着宇宙间神秘的信息。

那么，失去春日里那么多光彩灿烂、鲜艳妩媚的绿叶，它会惆怅或悲哀吗？在飒飒的秋风中，它是否沉湎于对往昔的回忆？

我踏着沙沙响的落叶，心中犹如飘在森林上空没有被遮蔽的云，一会儿是晴朗的白云，轻快自如，一会儿又是阴沉的乌云，秤砣般压迫。

突然，我感到从沙沙响的落叶里，从裸露的枝干上，发出那有如竖琴的柔音：

——可爱的人，你们真奇怪，干吗为我们落叶而苦恼？

——抱歉，打扰了你、我秋天的兴致。其实，我也只是一闪念。

——不，你不是为我们而苦恼，是苦恼你自己，苦恼你们，苦恼你们的民族！

我像有隐私被揭穿那样，那声音继而像单簧管：

——你们人的生性就是害怕失去，而我们从不惧怕失去！

——有死有生才是大自然！只有凋零才有新生！害怕抖落枯叶就不会滋生新芽！

那声音突然消失，像音乐戛然而止。我的思维也突然中断，它需要短暂的休息。

当我重又漫步前行，似乎身上也凋落了许多枯叶。

其实，人也是自然，怎么留恋身上的枯叶也无济于事，最后会随着肉体的消亡而消亡。而一个民族或历史，如果过多地偏爱那一度辉煌的绿叶，枯萎了仍旧一年年地去背负……

落叶如潮，秋风如梦。此刻，我的心完全恬静了。我感到我和树的信息已完全相通。至少，我可以如此处置自己。

因失去而快乐，因凋零而发出魅力
四季就是辩证法，而承认却又痛苦

我把我心中波涌出的诗句，写在一片凋零的黄叶上。

海滨月光路

我顶着中秋的明月，漫步在细软的沙滩上。

海滨很少有游人了：既是秋天，又是夜晚。那夏日的喧闹，炙热的阳光，仿佛随着海水，流到了遥远的那一边，留下被潮水摸平的沙滩，没有一丝痕迹。

天空飘着片片白云，偶尔也混杂着些乌云，没有风，看上去像贴在那里一动不动。星星也比盛夏稀疏了，而且显得细小苍白，只是东方升起的金星，在一派起伏的西山轮廓侧面，异乎寻常的明亮，似乎有些发红。

月亮已快浮上中天了，显出一种典雅而又娴静的姿态。"月到中秋越皎洁"。在晴朗、纯洁的蓝玻璃的空中，她像是被海水擦洗过的，发出水粼粼的青光。这时，整个大地，黑黝的山峰，广阔的大海，冰冷的礁石，仿佛都等着她的照射，渴望着她的光的手掌的抚摸。

我极目向海的地平线望去。奇怪的是，并不是整个海面都充满光辉。月色只洒出一条水流，远远地，像一条碎银铺出的路，在波光的抖动中，充满着迷人的海的梦幻。

大海的另一面依旧是墨绿的，好像不接受月亮的恩赐。可是当我又向前走出去很远，我眼前的月光路又转移到了这一边，我几乎感到一阵欣喜。

潮水是月亮的吸引。十五的圆月吸引力也许更大些，我脚下的潮水显得比前两天更急促了。依然没有风，但海水似乎摇晃得更厉害，远远地，潮水就开始碰撞，然后冲向沙滩，留下一堆泡沫，在月色中闪着白雪的光芒。当撞击到岩石上的时候，刹那间绽裂如碎玉，像拥抱着月亮，又归入大海。永远是这样，来了又去，去了又来，可是月亮却似乎一动不动，像个骄傲的公主，勾动着这大自然的变幻。

在透澈的月色下，一切都变得清柔、纯洁起来：海滨的杨树、松树、远处近处的房屋，远方打鱼人的灯火，都像童话中那样美好而又纯真，都像沉进了一个甜蜜而又温柔的梦。

这时，我轻吟着苏轼《水调歌头》中"但愿人长久，千里共婵娟"的诗句，我觉得我的心地也变得更纯洁了。是的，在坦荡的月色下，在不存任何私心的大自然的怀抱里，一个人如果放弃对美好、纯洁的追求，如果缺乏坦荡的胸怀，会是一种痛楚。

潮水的思索

我说不出我对潮水怀有什么样的感情。

每每漫步在岸边，望着潮水有秩序地起伏，那么柔美的弧线，缀着银白的水花，亲切地朝我涌来，仿佛有一种呼唤，有一种倾诉，使我伫立等待；它终于奔跑到我的脚下，又仿佛什么也没有说，只轻轻漫过卵石，撒开一层白色的泡沫，然后又急急离去。

它是不疲倦的，也许是单调的，但并不使人乏味。它确实只是一种往复的运动。但它的可塑性使它富有奇妙的变化。它漫过沙滩，那样柔情脉脉；它拍打峭崖，却又雄伟壮烈；它越过山石，如野马奔腾；而当它从礁石上的青苔滑下，却又无限哀伤。因此，它拨动起人们的思维毫不单调，而是情思万千，浮想联翩。

有时，我久久地凝视它。它的浪花愉悦着我的眼睛，它喧嚣的声音并不刺激我的耳朵。我不知道潮水拍岸在科学上是多少分贝，但它给我的感觉远比卖菜的吵嚷要小得多。它均匀而有节奏地拍打着，发出"扑鸣扑鸣"的声音，像呼出一口气，安然舒适。不过，这种轻松偶尔也给了我沉重的思索。我在想，这就是时间，就是岁月，就是不可抗拒的人生的运动。短暂的生命，稍一把握不慎，就像退去的潮水，无法挽回。

夜晚，我踏着溶溶的月色，静听涨潮的喧响。涛声仿佛有些凄冷，从黑蒙蒙的不可知的远方传来。其实，它离我的脚面越来越近了。第二次涌来的潮水，已经冲平了我留在沙滩上的脚印。忽然，我心底漾起丝丝的欢乐。潮水在亲昵我，拥抱我，追逐我。在人间，相聚总该是一件美丽的事情！我喜欢它的声音，那越来越近的声音。在幽暗的和闪着光带的海面上，飘荡起那种旋律，冲消了滞闷。这时，安宁的情绪又为潮水所波动，但不是狂暴，而是幽远、开阔、深邃的探索。

月亮仍旧安详而娴静，蓝得透底的天空使她仿佛失去了依靠。潮水在拍打，因月亮的染色而越发晶莹、秀丽了。从泼开的水花中，我仿佛看到那半轮清月，看着她在海边微笑，又在沙沙声中隐入大海。是的，当人们改造大自然的时候，大自然也以自己的奇幻的力量感召人的心灵！这种无声的渗透必然会使人和自然都变得越来越美丽。是的，这是夜的潮水所倾诉的……

而当黎明落潮的时候，海滩上那么多人的喧嚷。欢乐会使人只想快活地感受，像海绵那样吸取，挤去每一寸思索的小方格。本来就是彩色的海滩，因泛着金色的朝霞而更绚烂了。绿色的海带，翡翠的海青菜，各种颜色的贝壳，还有那些匆匆来赶海的青年、孩子所闪现的衬衫、裙子，形成了彩色的波浪，和退落的潮水交相辉映，带来大海最初的欢乐。

经过一夜的爱恋，潮水一步步告别了海滩。是的，它留下了这么多美好的东西，这不是它的遗忘，是它的馈赠，是它给海边人们的情意。当它轻轻挥手告别的时候，人们又开始因这美好的馈赠而追逐它。那种在掇拾后绽开的微笑，是对大海爱恋的报偿。

也许，它也遗落了少许的忧郁和悲伤；也许，有一两个拾贝者沉思地站起，看着越离越远的潮水，看着泛红的海面，因心底某种思绪而怅惘。

　　美丽的太阳渐渐升起了，赶海者带着自己的收获欢乐地离开海滩。我望着这些可爱的人们，为他们的满足而高兴。我始终没有去掇拾，也许我掇拾了他们的微笑和潮水的思索。我知道，最美好的海中宝贝，只在大海深处，潮水不可能带来。

镜泊湖遇雨

温柔的镜泊湖，遇上了无情的雨。

蔚蓝的湖面顿时消失美丽的澄清，像毛玻璃那样丑陋，远山的黛绿也浑浊了，烟雾遮盖了一切；天空、水面、山峰都掉进了一个大染色缸。朦胧的灰色，就是主宰这一刻的上帝。

湖畔的沙滩空旷了，花阳伞也仿佛垂下了眼皮，雨驱散了笑声，驱散了那些轻快的脚步。只有丁香树和波斯菊，依然默默地装饰着这大自然，它们和人不一样，它们不怕打湿衣裳。

雨像断了线的珠子，还是从无形的空中往下倾泻。而抬起头，却又找不到它的所在。

烟雾越来越弥漫了，湖变得越来越小，雨似乎是一张巨大的网，在收缩着这美丽的一切。

也许，它只是暂时的收藏，或者是因为游人太多，湖和岸上的一切被污染了，它要进行一次最柔和而彻底的洗涤。

然后它会悄然隐去，像美丽的天使。当金黄的太阳重新踱上这鲜亮的湖、山峰和沙滩，不知怎么，你会忽然深情地怀念——

那一丝难忘的朦胧和多情的雨滴！

海之幻

童年的时候，我就憧憬大海。

在我的心灵中，它充满了难以想象的魅力：浩瀚无际，水波蔚蓝，犹如璀璨宝石；而水下，更是绮丽的世界，五光十色的鱼在游动，它们不作声，却是那样地自由，展现着自己的风情，还有珊瑚织成的宫殿。当然，我也懂得海上的风暴，但我却觉得那更有兴味。是啊，如果能漫步海边，如果能乘上海轮……

但是，我生活在水网交错的江南小城。家庭的贫寒使我不可能有旅行的机会，虽然海边离我家也不过半天火车的旅程，这种愿望却一直只能停留在书本、美术、电影的观赏与想象之中。

工作以后的第一次探亲假使我有海上旅行的机会。我决定乘大连到上海的客轮，路途虽比火车远些，但全程票价反而便宜了。至于时间，对我来说无所谓，在当时年轻的我的感觉上，探亲只是变相的旅游。

第一眼看到海，我几乎屏住了呼吸。我为这种真实的辽阔无际和那毫不掩饰的姿态而震撼。然后我贪婪地咽着海风，任其清凉的咸味灌满我的身心。

我在四等舱里找到我的铺位，便顺手把旅行包一扔，甚至没坐下，就匆匆来到甲板。我要和大海尽可能多生活每分钟。船驶出防波堤后，出港的守护灯塔慢慢遥远，岸边的建筑也渐渐模糊。这时，原来让我感觉很大的海轮变得越来越小，几乎像一片树叶，而且无依无靠。

"大学生，你是第一次坐海船吧？"

一个柔和的声音从侧面飘来，我转身，看见一个离我一米多远靠在船舷上的女人。四周没有别人，我想，她竟是和我说话的。我不想解释我已从大学毕业了，虽然，我的身上充满了学生的寒酸味和好奇心，使她有这样的判断。

我礼貌地报以微笑，随便"嗯"了一声。我不想用谈话打乱我看海的兴致。

"这是渤海湾。海面平静得像湖，不是吗？"

她说话的声音很甜美，使我不得不侧身又对她微笑了一下。她只穿了件绛色的毛衣，完全不在意略带寒意的海风，她的脖子完全裸露着，有那种阳光的颜色。奇怪的是她脖颈上还套着项链，和当时的时尚似乎并不协调。她的头发有些卷曲，也许是烫过的，被海风吹得很杂乱。当她优雅地理掠头发时露出她那蛋形的脸和乌黑的眼眉，给人更潇洒的感觉。她当然比我大，这从她和我说话的口气就可断定，但我也猜不出她的年龄，也许二十六七岁，也许更小。

我仍看着海。美丽的渤海湾确实比书本的描述更美。海面像一幅颤动的蓝丝绸，越是往远看，那平静的透明的蓝色越是不可思议，和天空浑然一体，分不出海平线。此刻，只有些微的海风吹着，偌大的渤海确实像一座娴静的湖泊。

"是不是太平静了？太平静是不是就不像海？"

初涉海的我只想感受，也只能感受，无法作任何分析，不想作哲理的探讨，当然，也不具备这方面的能力。刹那间，我觉得她像个女老师，而我又回到中学时代，果然她继续说：

"渤海湾是中国黄金的海湾，世界也少有。大连、旅顺、天津，还有北戴河，都包在她的怀里。渤海像平放着的项链，穿着一串明珠。整个渤海下面埋着多少宝藏，地质学家也说不清。"

她几乎像广播似的朗诵，但声音很真切，像和一个很熟的人谈天或自我倾诉。我几乎被吸引了，却找不到什么话应对。

"我们的祖国真大、真美。"她把这句话抛向海风，脸完全朝向了大海。

"是的，很大、很美。"我像回声似的应了一句。

黄昏的太阳在落下去，水面上流动着金片。鸥鸟仍旧在追逐着轮船，白色的翅膀也变得亮晶晶的，呈现出各种颜色的幻影。四周异常安静，只有船上柴油机的突突声和船尾舵划出来的浪花声。

我又全神贯注着眼前，静谧的海，那盈盈的蓝波和神秘的远方使我进入恬静的想象世界。

待我再回首时，发现甲板上又只有我一个人，那个女人不知什么时候已经走了，或者根本就没来过。

我任意地在甲板上漫步着，我觉得，我被整个大海包围了。此刻，在悠悠天地中，只有我和大海是存在的。

匆匆吃罢晚餐，我又跑到甲板上。这时，甲板上的人开始多了，为了消食，也为了观赏月色。此刻，我不喜欢熙熙攘攘，便又躲进阅览室，默默地读起我随身带的那本《洛尔伽诗抄》。

大概已经很晚了。我重新步上甲板。微寒的海风已经把海的观众都吹进了船舱。我知道，绝大多数乘客是为了赶路，不是看海。他们宁愿躲在船舱里躺着或者嗑瓜子，谈天说地。

这时，天气有些转阴，月亮早被云层遮住了，但大海依旧平静。远处近处，都笼罩在墨绿之中。偶尔，也有一两处闪着水波的亮色，那可能是透过云隙的月光造成的。这时，大海更沉入不可猜测的苍茫境界。

有一丝隐约的歌音，仿佛从海面的雾中升浮上来。那是很熟悉的苏联歌曲《卡秋莎》的旋律。我轻步朝那方向移去，依稀辨出那是个女人，便在稍远一些的船舷旁驻足。在寥寂的海上，这细微的歌音也很真切，而且确实具有异常的魅力。

还是那穿绛色毛衣的女人先认出了我，很坦然地走近："大学生，你一直待在这甲板上？"

"对不起，我听你唱歌了。我在大学里也很喜欢这支歌。"

"我不会唱歌，只是一种情绪罢了。没想到，你这么喜欢海。我小时候，是在海边长大的。也许接近太频繁了反而麻痹了，不过我也有三年没看到海了。"

我们谈话稍微自然了些，因为是夜晚，看不清对方，我不再窘于她那目光，便开始说起自己对海的感觉。

她告诉我，她学的是地质，常在荒山野岭里跑，她说，她爱海，却又选择了山。也许，这是命运所驱使。不过，她说，其实山野也是海，那种雄浑的气质是相似的。而且，海水下面也是无数座山峰组成的。也许，等我们国家发展海上地质勘探的时候，她会又漂泊在海上的。

她笑了。在朦胧的夜色中，她散发着女性的魅力。她神态优雅，语音柔美，使人很容易进入一种温馨的世界。也许她把我当作孩子，或者我们谈得很自然，她告诉我，她已经三十岁了。她淘气地伸了一下舌头，说："你懂吗？三十岁对女人来说是个黑色的年龄。"

"我认为年龄本身没有意义，主要在于感觉。"我装作哲学家的样子说了这么一句自己也不知从何处学来的话。

"不过，我不急于结婚。我爱山，更爱海。……"

突然的，一阵风浪打断了声音，我们也都陷入了沉默。墨绿的水花似乎在旋转，贴着船面，落下了又扑上来。

"明天就要起风了，你会看到真正的海。晚安！"她说这话的时候，已转身离开。

我不太习惯道晚安，嗫嚅了一句什么，仍然在搜寻着海面，想发现新奇的变化。因为四周什么物体也没有，看不出船在航行，除了船下掀动的浪。

她走了好久，我仿佛依然感到她的身影靠在船舷，渐渐地她在我印象中成了一个凝固的幻影。

我也小声哼起了一支俄罗斯的旋律。

大概过了午夜，我才回到舱位。旅客都已睡了。我躺下，幻想似乎仍在驱使着我。

夜确实深了，从船舱小圆眼看出去，除掉黑色，就是黑的闪光。显然，云层已很厚了。这时，我还不能理解，真正的大海对我意味着什么。

迷迷糊糊睡了一会儿，我感到头晕，心里难受，我睁开眼，但起不来。这时，船在有节奏地不停地晃动。我看见，舱里的旅客也几乎都醒了。有人已经开始呕吐。

我知道糟了。船像个钟摆那样，左一下，右一下。我赶紧拿出客轮上为旅客准备呕吐的纸袋。我忍住，不说话，咬紧牙关，希望能撑过去。

这样勉强挣扎到天拂晓，舱眼里露出灰色的亮光。我终于吐了出来，船的摆幅越来越大，而且不时有扬起和沉落的感觉。每当来这么一下，我就要呕一次。现在我左右的旅客几乎都在享受与我同样的待遇，除了克制自己，做呕吐与反呕吐的斗争以外，什么事也不能做。个别没有吐的舱客，也都双目紧闭，面色发黄或发灰。

广播喇叭响了起来，号召人们起来吃早餐。女广播员的声音既亲切，又坚定。她说船上很多人晕船、呕吐，这没关系，而且越吐越要吃。空肚子吐更不好。

这种鼓励对乘客来说当然是美妙的。但我环顾四周，再省视自己，大家似乎都是在挣扎了一会儿后又躺下了，气氛多少显得有些悲壮。

我知道是进入黄海了，进入真正的大海了。而且广播里说的是四五级风，这已足够使大海显现她真正的面目。靠近着我睡铺的侧上方有个圆舱眼，这样，人便趁吐了一口后的稳定间隙，爬起来贴在玻璃眼上。果然，大海一片黄浊，浪涛涌上涌下，像一场刀剑干戈。远处，浪涛连成一片，狂杀过来。似乎已不存在天空，黄浪覆盖一切，偶尔闪着溅落的水珠，才透露一点白色的信息，这时，没有风景，只有气势。昨天的柔美和蔚蓝已不可想象，实实在在一场梦境。

这才是真正的大海吗？也许，那个女人说的是正确的。如果大海永远像一泓湖水，大海还能成为大海吗？大海必须要有雄伟的力量与征服一切的气势。尽管此刻大海已使我难受不堪，但我也爱这样的大海。

此刻，那个女人在哪里？她还穿着绛色的毛衣在甲板上欣赏她的真正的大海吗？或者和我一样躺在铺上任海流摆布？我渴望此刻能听到她那柔美的声音。那样也许我会暂时忘却晕眩。

我迷糊了一会儿。广播已经休息了，四周分外安静，屋里没有一个人说话。我能听到船外的浪涛声，猛烈却又有节奏。

忽然，伴着浪涛声我又隐约听到那熟悉的歌声。啊，是那女人在唱，她肯定在甲板上。"卡秋莎走在峻峭的岸上，歌声好像明媚的轻纱"，对，就是这样动人的词，然而是在海上，是在波涛滚动的海上？我似乎受到感染，竖耳辨别每一丝声音。渐渐地我也增添了力量，想挣扎着起来，甚至走到甲板。但是，我终于未走出舱门。

我又躺了下来，想着海、波涛、人生。想着生活可能展示给我的一切。

那歌声又谜样消失了。永恒的浪涛声代替了一切。

过了一夜，船已越过东海并进入黄浦江。我虽然起来了，并且吃了些东西，但一直到靠岸，我都再也未见到那个女人。

踏上码头，我产生强烈的陆地感。但晕眩仍未消失。我不知道，这晕眩会陪伴我多久，我感到有些怅惘，我那在人群中发现那女人的愿望又一次落空了，其实我也并没有专门等候，人又杂乱，其实相逢又何必相识，其实偶然又有什么必要为短暂而惋惜。也许，这一切本来就是幻影，是我自身在海上制造的一个幻影。但是这幻影使我懂得真正的大海，并懂得坚强。

在晕眩消失以后，我会再次扑向大海的。如果没有波浪，也就不可能有真正的人生。

雪

南国的雪，我们分离得太久了。

那微带甜味的湿润，那使人快活的冷气，那彩色梦幻的飞旋，伴着我少年的轻狂，再也无法追寻。

没有暖气也没有炉子的小屋，铁一样寒冷的硬被子，都无法阻挡我对雪的渴望，只要睁眼看见屋外白花花的光亮，就像涌进来一股暖流，勾起人难以抑制的温暖的心情。

雪，南国的松软美丽的雪啊！

它纷纷扬扬，比春天一树树的梨花还要美。这时，北风变得柔和了，吹着它，上下翻飞，轻轻地降落，使人能看清那六角的菱形，看到一个美丽的童话世界。

不知它是想依恋天空，还是想委身大地。它忽上忽下，是那样的轻盈而自由啊！忽然，它落进了我的颈脖，像个小绒毛，却又摸不到它，产生了甜甜的微痒。我伸出手来，它会安静地落到我的掌心，在我的钟情的眼睛里，慢慢地消失了它的身影。有时候，我真愿意伸出舌头，希望接到一片雪花，那淘气的愉快里绽开了多少天真的梦。

雪，南国的松软美丽的雪啊！

忽然，我像一下子变成熟了，放弃堆雪人、打雪仗的乐趣，愿意宁静地默默地走着，翻过废弃的铁路线，来到郊外，默视着广袤的天空和田野。所有的污秽和荒凉全遮掩了，只有雪，白花花的、纯净的雪。这大自然创造的最精美的白色拥抱了田野、山岗、房屋和树林。偶尔由于风的吹动，越冬的树和菜斑斑点点闪着一点新绿。

这时，眼睛和心变得多么亮，多么舒展。美丽的维纳斯仿佛就在你的身边，对着你微笑。所有的幻想都会脱颖而出，飞向雪的地平线，开出白色的花朵。

雪，南国的松软美丽的雪啊！我们分离得太久了，也许我还能追寻那没有污染的洁白、幼稚却纯真的梦幻和那寒冷中的温暖？

大自然之子

　　置身于现代文明的氛围中，整日出入于五颜六色的高层建筑，在电话和电脑前奔来匆去，或者行走于修饰得极为美丽的街道，渐渐使我们塑造出另一种感觉：我们只习惯人为的环境。

　　即使在闲暇的时候，我们也是在欣赏着橱窗里奇丽绝伦的商品，闻着用各种调配方式生产出的香水，或者听着镭射音响，品尝着色如水晶的酒和饮料，我们的这种感觉进一步深化了、细腻了。

　　色彩是我们制造的，气息是我们创造的，凉爽或温暖也是我们制造的，甚至我们呼吸的氧气，也是用罐头形式制造出来的。

　　我们渐渐忘却了大自然，或者说我们感觉不到大自然的存在，感觉不到大自然与我们的关系。我们就是我们，我们可以在我们设计制造的环境和创造的物质文明中生活，甚至活得更好。

　　从这一点说，人确实很伟大、很智慧。人从茹毛饮血发展到今天太空时代的高度文明，就是一部极为辉煌的生存的历史，是人类为万物之灵被证明的历史。

　　本来，几乎就在不到一万年以前，我们和自然界的各种生物都受着自然的支配，也享受着自然恩赐我们的温饱的快乐，并承受着自然给我们的灾难和痛楚。但是，我们异常地成熟了，成熟到我们越来越摆脱自然的程度。我们甚至在营造整个地下城市一切生活设施齐全的封闭的楼阁城市，甚至空中城市，完全不需要大自然本身。如果说住在这种城市里人们也需要感受到"自然环境"，那么，我们也可以造出一个屏幕式的天空、星群、山岩、树木和淙淙的溪水。

这确实是现代化人类的超凡的智慧和本领。人类也渐渐在拥有他想要的一切。

但是，在获得的后面是否已经隐约地失去什么呢？

显然，我们在情愿地或不情愿地失去我们原来所依存的自然本身。我们在五光十色的城市中生活，从盒子的小车出来转进盒子的电梯和盒子般的楼房，我们甚至完全忘记看一眼天空，我们失去了对天气的敏锐感觉，我们想不出蚂蚁和青苔的样子。程式化的、电脑化的、商业化的追逐几乎使人变成了非自然人。

其实，这种非自然化的倾向并不仅表现在人与自然本身的表象的隔绝上面。也许，我们可以在假日或周末去郊游，去欣赏或者享受自然的乐趣，听泉水淙淙，看蜂蝶飞舞，做瞬间的体验；但是，往往这郊游的本身也充满了非自然化的倾向，商业已改变了旅游，一切供城市盒子化生活方式的人们所能旅游的地方，已逐渐消失了往昔自然本身的朴实的光彩。现代化的交通、舒适的设施以及无孔不入的广告充满了森林和田野。那种原有意义的自然已被非自然化取代。我们的寻求中充满了虚幻和矫揉造作。

即使偶尔真正能和自然有短暂的接触，也弥合不了人类世界这种非自然化的倾向。

我想说的是人类心灵中的非自然化倾向。

当我们漫步在没有经过人工修饰和侵袭的山野中时，我们听着婉转的鸟鸣、风中摇动的树叶沙沙响声，触摸着生满青苔的岩石，擦过攀援的藤蔓，寻觅小昆虫的洞穴，我们完全进入一个宁静自由的世界。天空、云彩出奇地清丽，草地、各色的鲜花凭自己的意愿开放。这时，和谐平和的感觉像透明的泉水冲刷了我们的灵魂。

我们会突然发现，我们已久违了这种感觉，我们已久违了这个世界。

虽然我们在现代文明的闲暇中也有过什么郊游，但我们心灵中已消失了这种和谐平衡的自然状态。我们已经变形了、扭曲了。

自然中各种鲜花也有竞争，因而怒放着千奇百怪的颜色；自然中各种树为了成林，盘根交错，争夺着阳光；自然中各种小昆虫默默互相争夺，但终于构成了美妙的生存平衡面。一切都是顺乎自然的。

而人类的生存竞争则不一样，充满了非自然的机谋、阴险、虚伪、欺诈、权势以及文明下的凶残。人类在不断失去自然赋予我们的本性。

我们必须重新实现自己，重新确立自然中的自己，并把心灵中失去的自然找回来。

我们仍是大自然之子。

尽管我们凌于万物之上，但是我们要清醒地认识到，我们仍然是万物中的一物，我们不可能违抗整个自然的规律和自然本身最奇妙最和谐的安排。至少，我们无法违抗宇宙万物的生死规律。

我们仍是大自然之子。

这样，我们就要在整个自然运动中确立我们的位置。我们更多的是要向大自然学习，对待万物山川，我们宁静地观察，运用天赋的智慧去洞悉其中含有的奥秘，去体味大自然天性的善良、和谐、自由，从而去调整我们的生活方式和存在方式，让大自然的鲜汁重新注入我们自身的毛管，让鸟翅的扇动和露珠的滚动去启示我们的灵感。

我们仍是大自然之子。

在和自然万物的关系上，我们是一幅完整的图画，我们无须去征服自然，我们只是在自然中调整自然，像我们布置自己的家庭陈设一样。我们可以让沙漠变成良川，我们也允许沙漠作为风景而有它一定的存在。但是仍要特别地小心，也许我们随意的搬动是愚蠢的。千万不要过早相信我们的智慧和能力。我们更无权践踏自然，那最终毁灭了我们自己。

人是伟大的，大自然更是伟大的；人之所以伟大是因为他们来于自然，亦是自然的一员，尽管他是带头的一员，但绝不是酋长。

只有记住我们是大自然之子，我们才能调整好我们的心态，才能摒弃我们身上一切不必要的东西，才能真正升华起内心的善良、正直、和谐、美好的品质，才能从自然给我们的启迪中去创造、去竞争、去获取我们该获取的一切，才能使我们在复杂的人际关系中保持自己的自然天性，从而渐渐使整个人类关系走向平等、和谐、自然，才能使自己活得顺心、舒畅、自由，轻轻松松活得像一个自然中的人。

这样，无论你处于封闭的盒式生活中，还是徜徉于山野，无论你过得舒适高雅，还是简单平常，你的心灵都是那样充满自然的天性，不是让人造的环境磨去你自然的心态，而是自然的心态去改造人造的环境。

我们是大自然之子。这是我们的天条。

我们不是返璞归真，不是倒退到原始的自然人状态，而是升华，是第二次诞生。

二十一世纪必将是人类最壮观的世纪，二十一世纪必将使人人相信并实现——我们是大自然之子！

燕 子

　　也不知是由于污染还是因为林木的减少，抑或人烟的纷杂，在我们城市上空，鸟是不多的。抬眼一望，缺少灵活的飞翔的东西，总有些寂寞。不过偶尔穿过立交桥下，倒见到很多老人，几乎人手一笼，真像是百鸟朝凤，或者在开赛鸟会。清脆的鸣声几乎可以压过隆隆的车辆。可惜那些鸟只有一块非常小的飞行天地，并不能带来天空的欢乐。

　　可有一次在要下雨的时候，我在高层楼上眺望窗外，忽然发现许多燕子，在上下翻飞，盘旋，这一下子使我惊喜了。啊，这么多可爱的燕子，它们是从哪儿来的呢？许是远方雨丝的手把它们牵来的。它们飞啊，呢喃地欢叫着。也许这时候是捕食虫子的好时机，也许它们渴慕湿润的雨。我的眼睛也被这一片欢乐所照亮。后来，我就经常留意窗外，间或在晴空的灰黄中，也掠过一些燕子。我想，它们可能就住在城里，只是这成群的高楼，混凝土那么严实，它们可在哪儿做窝？

　　我是喜欢燕子的，和它很有一番感情。幼时在家乡长江边一个小城，我们住的瓦房横梁上，每年都有这美丽娇小的客人。它们一点也不怕人，因为没有人去伤害它们。它们衔着泥，灵巧地造着窝。为了使它们搭窝更方便，家里大人往往在横梁上安放一块小托板；有了这底座，造窝就方便多了。看它们衔泥衔草来回奔忙，对我们孩子来说，真是一件十分惬意的事。我有时能观察一两个小时，并计算它们飞来多少次。忽而欣喜地拍着手："瞧衔来的这片羽毛真好看！"叔叔往往笑着对我说："燕子就喜欢跟孩子交朋友，燕子是益鸟。"我弄不懂益鸟，他就说："专吃坏虫子的。"

更为欢乐的是，还能见到孵小燕子。我没见过燕子蛋。虽然我们家屋顶很矮，大人只要搭一张凳子，抬手就能够着燕子窝，但我没见过任何大人碰它。燕子窝是很好看的，像只小船，四周像雕刻，有着漂亮的斑纹，绝不像乌鸦的窝那么难看。雏燕孵出后，家里也像有了生气，孩子们第一个报告喜讯，给成天为柴米油盐而愁苦的大人脸上添一丝微笑。那些雏燕张着嘴巴待哺的样子真动人。老燕子一口一口喂它们，慈祥而又耐心。一直等吃饱了，小燕子才停止那叽叽喳喳的吵嚷。这种温暖大概多少也给人类一些善意的启示。

去年，我去长白山，在攀天池的路口，长白瀑布飞腾而下，溅起无数的水珠，漫开一片雾气。因高寒而寂静的山上，忽然响起欢快的乐曲。我抬眼一看，半空中简直成了燕子的世界，数不清的燕子呢喃着，在瀑布雨中嬉戏。刹那间，一种升腾而上的温暖驱散了高山的凉意。谁能想到，在这个连岳桦树都不能生长的高山上，它们也来了，而且给爬山的人一种难以名状的欢乐和勇气。

我不知道燕子在世界繁殖的状况，但它在中国却是普遍的，和柳树一样普遍；虽然它不算什么出色的鸟类，也没有使人爱到要想把它关进笼里观赏的程度，但它那蓝黑色的娇小的身躯，衬托着尾基的白色，显出一种静美。它飞翔时的灵巧、平滑，有如潮水上掠过一道波纹；那交叉的尾部，给人多少诗意的造型，据说它飞行的速度，能达到每小时二百多公里，几倍于火车的速度。当然，它没有华丽的羽毛，也没有优美的嗓音。但它却是最和人亲近的，和我们中国人最亲切的一种鸟。如果将来要选什么"国鸟"的话，我想至少我会投它一票的。

现在，我们陆续住进框架式的高楼，没有给燕子的尾梁了。但它们仍会找到栖息与繁衍之处，和我们一起生活在这美好的空间；它们和人一样，能适应各种各样的环境。我希望燕子能在我们上空多起来，也与鸽子和其他鸟一样，不会妨碍人，而会带来宁静、欢乐和温暖。

季节的享受

我喜欢我的国家和我生活的土地，除了共有的语言、肤色、情感的因素以外，对我来说，还有一个季节的因素。在这里，我拥有一个丰富多彩的、界限分明的季节。

一年四季，春夏秋冬，这是地球上大自然的造化。它们记载在日历上，是公平的，但是对某些国家和地区却并不十分公平。它们只具有象征及理论上的意义。有的只有"旱季""雨季"，有的则分"长夜"和"短夜"；有的终年体验热烈的夏天，有的一年四季品尝冬天的滋味，有的却又始终沐浴着缤纷的春色。花总是要开的，又总是要落的，而花开花落之间，并不伴随着季节的转换。

春夏秋冬，在悄然地遗落了自己的名字。

但在我的生活中，季节始终是实实在在的。无论生活在江南的小城，还是北国的都会，我能在一年中享受到本来意义上的四季。春雨就是春雨，暑气就是暑气。有多少难以言传的感觉啊！

但是，时下在城市生活惯了的人们，对季节的感觉越来越迟钝了。季节对他们来说，往往只意味衣着的厚薄和服饰的变化。大自然给予他们的季节并没有得到那种自然角度的回应，这是非常惋惜的事。

四季是四种不同的自然，是四种美妙的生活方式，也是我们身体的四种蜕变。

春天，我们伴着向上的煦风，放开曾收缩的毛孔，徜徉于绿茵红花之间，我们感到轻快，偶尔呼吸着微微的细雨，因湿润而滋生欲望。我们需要踏青，需要天空中的鸟翅。夏天，我们沉迷于葱茏的绿色，为汗水的蒸发而兴奋不已；我们享受这天赐的丰盛的水果；酷热使夜晚大大地延长了，海水发出更诱人的呼唤；虽然我们为暑热而烦躁，但究竟为蓬勃的景色而愉悦。秋天，大自然则换了幕布，金色的辽阔拉长了我们的视线，天空也越来越纯净了，在开始衰败的草丛中，秋蝉的声音变得格外清丽，我们又想起了秋游，想抚摸那遒劲的红叶；仿佛经历了一场酷夏的战斗，我们渴望悠缓地漫步。冬天，我们总是最先期待晶莹的雪花，我们愿用掌心托着它，看着它融化，田野上虽然一片荒寂，但遗留的草垛依然储存着那份回忆，这时我们最愿意享受夜晚，因窗外的寒风而格外感到火炉的温馨；更能体味花雕酒的醇香。

想想看，如果我们在一年四季中，只注意冷暖这种气候上的变迁，而不去体味大自然本身的景色和风格上的变换，我们会丢失多少本来可以属于我们自己的东西。

其实，更进一步，我们不仅要仔细地用视觉去观察四季，而且要用心灵去呼吸四季，让外界的自然和我们的心灵起着不同的化学反应。

在融融的明媚春光里，面对着含苞待放的花苞，我们总萌生着朦胧的爱情；我们的灵魂里在升腾着像叶脉之汁的流动。宇宙中阴阳之气的吸力使我们难以自持。于是，我们总开始寻找什么——也许是偶然的含情脉脉的相视，也许是躺在草地上的某种幻想。同样，在学习和事业上，我们发现自己又焕发出新的冲动，我们产生了迫切感，为每一刻的到来和消逝而无限珍惜，我们抛弃了昨日失败的颓唐，再度孕育出拼搏的勇气。我们会毫不犹豫地耕耘那荒寂的土地，并继续播撒属于自己的种子，甚至不去计较来日的收获与成果。这就是春天的效应。如果大自然没有这种明显的变化，我们也不容易有这样轻而易举的蜕变。而在秋天，就会滋生另一种效应。每当金色灿烂，碧空高邈，大地幽远，我们或登高临望，或漫步枫林，都会感到开朗舒畅。我们会挣脱琐碎的羁绊，重新找回博大的心态，或者忍住曾有过的创伤，熨平完整的灵魂。面对大自然的爽朗和丰硕的果实，我们不再会为自己可能的挫折而沉沦；如果我们带着自己的成功走向自然，则更有另一层交融的喜悦。而每当凄风苦雨，落叶飘零，我们则又萌生莫名的思念，期待着远方的信，或者沉入深沉的反思与淡淡的忧郁。是的，我们就是要用整个心灵，去感受四季的大自然，观察它的颜色，倾听它的声音，呼吸它的真气。我们不仅要区别春蚕咬桑的沙沙声与秋蝉的哀鸣，甚至要像欧阳修在《秋声赋》中那样能听到一种耳朵听不见的自然中的秋声！

只有这样，我们才能真正体会到自然中四季变化的美妙真谛，并让我们的整个身心随着四季的变迁而左右沉浮，使我们的思想、感觉、气质趋于多彩多姿，并使我们的生活更丰满更有弹力。

随着现代文明的发展和人类对舒适的追求，甚至有种人为削弱季节的现象。我们可以在夏天不感到热，在冬天也不感到冷，空调使室内的温度定格在一个最舒适的范围。是的，四季如冬固然可怕，但"四季如春"就一定好吗？我不喜欢在炎热来临时去寻找避暑胜地，也不企求在严冬开始时去移居花城。我愿意有一个完整的四季，愿意在我的生活和心灵中体味四季的不同效应。当然，我们不是只停泊在一个地点去度过四季，有时需要在冬天追寻更典型的冬天，而不是总是为了舒适而躲开某个季节，避暑或避寒，那也最好是短暂的。

春夏秋冬，对我们来说，是同等美妙的，我们能享受的不仅是春天，只要我们能用一种自然的心态，我们同样能享受酷热、肃秋和严冬。一如顺境和逆境对锻炼、理顺我们的性格与适应能力一样，何况我们也无法断定哪个季节就绝对的好，或绝对的坏。

我们华夏的民族较之别的民族对四季具有更特殊的鉴赏力。我们的祖先独一无二地发明了二十四个节气，并给它们取了极为美妙的名字，像谷雨、惊蛰、清明、芒种、白露、霜降、大暑……这些充满细微感觉和想象力的词汇在哪种外国语言中能找到它们的对应物呢？几乎无法准确漂亮地翻译出来。

如果我们再深入一下，便会发现四季充满了人生的哲理，这四种色彩和声息正如一个完整的人生。当我们对四季的感受越深，就越能悟出人生的真谛，并进而把握人生。而且四季的变迁总是和平的，很难确切地从某一时刻截然地画出季节的分水岭，它的变化是渐进的，是交叉的，甚至是拉锯状态的，但是，春总是代替了冬，而夏又代替了春。这难道不也能启迪我们对社会和人生的认识吗！

是的，四季是我的密友，也是我自然的导师。我因四季而聪颖，因四季而享受。

是的，我喜欢这样宁静地去等待四季，像期待不同的爱恋，像期待戏剧中的起幕和落幕，像期待自己内心的蜕变。

四季属于我，我的一生也属于四季。因此，冷霜、苦雪和酷热，对我来说，一如春风、金阳和细雨，都是美好的，都是快乐的享受。

因此，我要有春夏秋冬四季的人生，而不要只有一季的人生。

第二辑

单人旅行

单人旅行

少年的一双稚气的眼睛，永远在窗外，在某个遥远的地方。

是的，托着腮，想什么呢？

在书本中寻找幻想，在幻想中寻找自己。

外面的世界会怎样呢？一种想离开原地的感觉总是在攫着你。

这时候，旅行开始散发出特别的诱惑。哪怕是一次短暂的郊游，一次随意的远足，也能使心灵多少有些新的寄托。

少年的我最憧憬的事莫过于旅行了。如果说大多数人情窦初开想的是异性，而我当时却更倾情于旅游。

离开熟悉的房子、街道，离开亲密的人和门前的一棵老桑树，进入另一些大路或小路，穿行于不熟悉的景色之中，与一些陌生的人擦肩而过或同车对坐相视，总是那么美好。这种异地的新鲜感使我眼睛明亮，呼吸畅快而又急促，整个身心像一块干干的海绵，吮吸着环境的水分。

当然，旅行远不是少年的专利，只是少年更容易为好奇心所驱使罢了。也许，随着年岁的增长，旅行会因你的成熟而带来更多的愉快。

眼下，在西方世界，老年人的旅行更成为一种时尚，君不见北京旅游团的大巴士中坐的大多数是老年人吗？在金色的时光，更有充裕的闲暇来观览他大半生未见过或想再见的地域，或者只是作为一种休息，颐养天年，排遣最后的人生。

唉，离开旅行，人生会是多么的乏味了！

人不是一棵树，人不能永远待在一个地方。

无论什么方式的旅行，无论长短时间的旅行，都是美丽的。

对我来说，更习惯或者更喜欢的是单人旅行。

你悄悄地收拾好行装，你赶赴火车站，你默默地排在队伍中，你不必担心会把谁丢掉，除了丢掉你自己。

在车厢里，你可以默默地看书，或看窗外永远也看不完的风景。你忽然想说几句话了，恰巧，对坐的旅伴也投来友善的目光，于是你们互赠新鲜感。真的，不知道对方姓名的交谈是最惬意的。怎么开始，怎么结束，都无所谓。

你独身在异地漫步，你愿意多停留一会，没有谁不高兴，你想匆匆赶路，也没有等待别人赶上来的义务。你喜欢买书，那么你去逛书店，你想喝啤酒，那就随意找个小饭馆去喝吧！

你清醒地知道，你是在单人旅行。所有的事情都要你一个人去完成。甚至你去上一次厕所，也要考虑如何放你的手提包或别的什么物件。

只有单人旅行时，你的思维才是你自己的，你的五官才不受干扰地全方位开放，你才能吸收外界传来的所有信息。否则，那电波就是模糊的，时断时续的。

我有这样的经验，如果作为诗人或跟着旅行团什么的，有人全程接待，那么，每个城市都模糊的，因为那不是你自己走，而是别人抱着走，背着走，你像一个婴孩那样受到无微不至的关怀。你被安排着观赏一个个景点，你的生活也被全包了。以至于你以后如果再来这个城市，你对它依然一无所知，不知道该怎么坐车。你来过，好像又没来过。很倒霉，失去了新鲜感，依然陌生。

从旅行的本意来考察，只有单人旅行才能回归到那种个人和外界的胶着状态。你和某个农村或城市，你和大自然，能最直接地交流，没有任何的中介。这样，一切都经过你头脑的筛选和储存。显然，这种记忆会深刻、连续而富有立体感。

美国影片《鸽子号》讲一个青年单人环球旅行的故事，这个青年人中途认识了一个美丽的姑娘，而且坠入爱河。几次他想让这姑娘上船共同环球旅行，但是这样他就毁了原来的协议。最终，他只能不情愿地选择了单人旅行。我想，撇开这一层的毅力、勇气、冒险精神不谈，如果他和这姑娘在一条船上旅行，那么，他的记忆中留下更多的恐怕是爱情，而不是大海的风暴，逼人的阳光以及变幻的日夜了。

是不是呢？正如"蜜月旅行"，重要的肯定是卿卿我我的"蜜月"，而"旅行"只是某种背景音乐吧！

真正有几次认真的单人旅行，对学习人生、了解人生来说，就像盐对于身体一样不可缺少。我想，高尔基的"俄罗斯浪游"、艾芜的"滇缅漂泊"决定了他们的文学生涯。当然，不是从事文学的青年也一样需要单人旅行的经历。这是学习生活的学校，是训练自己独立能力的课堂。在单人旅行中，你原有的弱点会暴露无遗，你会发现，你的生活能力有多么薄弱。

人的一生虽然短暂，却也相对地漫长。对许多人来说，各种旅行机会也很多，商业旅行，公务旅行，会议旅行，部门的休假旅行，结伙或不结伙的，等等。旅行也变得越来越快捷简便，不是"千里江陵一日还"，而是"万里江山一日游"了。有的人几乎已疲于旅行了：一上飞机、火车就睡，一下飞机、火车就匆匆办事，完全是易地办公，而不是旅游。

唉，如果我们到过成百上千个地方，却又没有一次进入旅行的真谛，多多少少是有些愧对人生了。

我很庆幸我一直保有单人旅行喜欢浪游的性情。在我看来，外面的世界也许无奈，外面的世界却永远可爱。就在几年前，我还想骑自行车做几个城市的单人旅行呢！这个愿望也许在我身体尚好的时候会尝试一下的。

少年时就立志浪迹天涯。我不需要全程的陪同。去走一走，看一看，想一想，因为我活在这世界上，总要寻找我和世界更多的交汇点。正如我在一首诗中所写：

　　永远在旅途中
　　不追求任何的目的
　　这就是我终生的目的

"该出发了！"——好像这是我命中的门铃，又轻轻地响了几下。

于是，我离开了原来的屋子。

桐君山

我站在桐庐县富春江渡口，等待摆渡。

因为是早晨八九点钟，江面上雾气还未收去。清澈碧绿的江水在迷漫的雾中，别有一番神秘的美丽。忽而有一两尾鱼跳出水面，似乎被雾网拖起，瞬息又不见了，水面依然波平如镜。有几只家鸭绕着停泊的船舶寻找食物，其中一只鸭子拖了一条大概是鸡肠子的东西，吞了半截，再也不能吞进那一半，却不愿吐出，还怕同伴来抢，游来绕去。吞一口，嘴一张，又挂下来。直到渡船过来，我也未能看见这一个节目的结局。在这宁静、温暖的江口，我有一种放松感。

渡船上，也是柔和的。挎篮子卖菜归来的女人，来往办事的干部，还有推自行车的青年人，一个脸蛋圆圆的少女，不知和售票的青年说了几句什么，笑声顿时像发了酵，甚至感染了一位妈妈怀中的婴儿。他们也是去桐君山的吗？显然不是，下了船，上山的只我一人。他们对这座山是太熟悉了，像他们家门前的梧桐树。

我是慕名而来，听说这座桐君山自古就是富春江上的风景点，有"小金山"和"峨眉之一角"的美称，甚至康有为赞为："峨眉诸峰不及此奇"。这自然引动我的旅思。

我拾级而上，登了二百多级台阶吧，见一园门，阳光从门中射出，整整齐齐一个光柱，扑面而来。四周是绿荫，升起的太阳被亭阁所遮，只透过这园门，密林中这道光柱顿时给人开阔和欣喜之感。

山门上写有"仙庐古迹"四字，买了张门票，踏入林荫道，右边是古栏杆。站在这里眺望富春江，眼前也仿佛飘曳起来。再穿过一座山门，便到桐君祠。这里只有一个老人的塑像，他白发苍苍，神态怡然，笑容可掬，穿着朴素，完全是劳动人民的打扮，左手捻一个葫芦，右脚盘了起来，身旁一个药筐，神态像和人谈家常一样。它深深地吸引了我。祠里只有我一人，他甚至就要启口和我说话，而我好像也踏入南方的农舍，等待着和他寒暄，谈农民的生活和丰收的年景。我们的心是那样自然地交融。

确实，我去过很多庙宇，看到过很多令人索然和恐惧的大佛，还有青面獠牙的鬼怪，还有使人可敬而不可亲的神与名人，像这样可亲的农民的塑像，我是第一次见到。那温顺的情思又一次包围了我。真的，我感到这是我所见到的最好的一尊塑像，虽然它没有金碧辉煌，又没有佛光灵火，它朴实、美丽、富有泥土味的人性。

接着我转入一片开阔的台地，这里有一座七级古塔，全身白色，细小玲珑，也没有什么装饰，像一棵秀丽的钻天杨，旁边有一座双层形的"四望亭"。这时富春江如一条碧绿的绸带，随着微风飘来，江上轮船如织，桐庐古城完全收入眼底，低矮的白墙平房和新建的涂色的楼房交相辉映。

再往前走，便有鹅卵石环山小径，临绝壁，据说有石刻，下有深不可测的桐君潭。

我诧异地问："难道有名的桐君山就这么高，这么一点东西？"回答是肯定的。这座山才六十米高啊，原来是我登过的山中最矮小的一座。

但是，我并不后悔。因为这座山并不是什么神山佛殿，它不过是为一个采药的老人修的，因为他治好了很多人的病，却不肯披露姓名，只以庐旁的一棵梧桐自况。但是，农民感谢他，为他修建了使人敬仰的祠。甚至这座繁荣起来的小城也被称之为桐庐了。

我没有从桐君潭那小路下山，而是从原路归来，又一次去祠堂看望了这位老人。我抚摸着门前的梧桐树，轻轻地和一片飘落的桐叶低语：我度过了人生中美丽的一刻！

愿我们的生活和这位老人一样自然、朴素。

漫道雄关美哉广元

我是个喜欢坐火车，喜欢随意下车，喜欢无目的漫游的人，但是多少次从宝成线入川出川，竟然没想到或没"闲空"在这巴蜀门户——广元下一次车，恐怕只有用"广元吸引力还不大"或"我和广元缘分不到"来解释吧。

这次我是慕剑门关而来的。虽然我幻想着陆游的诗句"细雨骑驴入剑门"那种诗人的潇洒，却只能在金风送爽的丽日下，驱车来观赏这一片雄奇景色。现代化的确带来了方便，几小时便走完了古人几十天的旅程。但这种超级的游历也确扫除了纯朴自然的心态吧！

"连山绝险，飞阁通衢，故谓之剑阁。""壁立千仞，穷地之险，极路之峻。"古人精练的描绘可谓准确之至。远远地就感觉车要进入绝境了，但路转峰同，眼前两山雄峙，一户独开的壮丽景色使人既万分惊喜又莫名恐惧。登临隘口，如云的苍松翠柏，如刀削的绝壁飞奔眼底，一幅古战场的油画顿然跃立。耳边是呼呼的风声，峰外天穹却一片翠蓝。这时，你当然有蜀道难的感慨，但现代化的仿古剑门关城廊和更现代化的空中索道已给剑门关涂上了浓重的旅游色彩，你无法再去想象兵家在此争雄的场景了。远望石笋峰，真是神奇无比，几乎和大剑山天然合璧；走近才知二山是牛郎织女，隔着一线天，终年只能遥遥相望。这座山说是石笋，只能就形象准确而言，实际是一绝壁兀立山峰，把它归为石笋恐怕是世界第一了。

我发现这里山岩的构造是鹅卵石型的，无数的大大小小的鹅卵石凝在一起，形成岩石巨峰，委实了不得！真不知这黏合剂是什么化学成分？据说其坚硬度超过一般山岩。那么，在地质学上是如何归类的呢？是火山岩形成还是海底形成？我不敢妄测。这确是我第一次发现。

其实，这大剑门山和黄山、庐山不一样，它不是作为旅游景点而存在的。它是交通隘口，是入川公路干线，是要塞，是古代兵家必争之地，这多重身份使它作为旅游胜地又罩上了一层更新的色彩。

因此，当我进一步去观赏翠云廊的"三百里路十万柏"的古代柏树长廊时，我更感到它的非凡意义了。三国的大将军张飞及其将士不知道，他们当年为战争需要所栽种的柏树，虽历经天灾兵燹人祸，其中不少竟然一直活了近两千年，终于成为世界级的文物风景。这实属历史的喜剧。无论在北京天坛或黄山奇峰上我们都不能再看到这么古又这么绵延几百里的柏树走廊了！就凭看这么一眼，来广元也不虚此行。

当我漫步广元街头和嘉陵江边时，我越来越感觉这座城市有很多使人留恋的地方。尤其是我进市区第一眼就为它的清洁所惊叹。可以说马路上清爽悦目，店堂内整洁可人。路上不断有环卫女工手拿扫帚，清理着落叶和纸片杂物。看惯了别处小餐馆脏得难以涉足，我愿踏进这里每家小店去花几元钱吃点什么。城市的卫生真是城市的生命。恐怕我和广元"一见钟情"首先在于它的高清洁度吧！在光洁的路面上数不清的三轮车穿梭往来，工人都穿着黄色的背心，号码醒目，据说还分单双由两种车身颜色轮流上街，不仅方便行人游客，也可算一小景观。

可是，我又为广元多少有些冷清而遗憾。这里竟然没有游人如织、商贾如云的景象。许多中国人对广元是陌生的。一种奇怪的现象是：人们知道剑门，但不知道广元；人们知道武则天，但不知道武则天是广元人（唐朝算是利州，元朝时改利州为广元）；而且广元就有武则天的皇泽寺，有武则天的石刻真容像；人们知道"蜀道之难，难于上青天"，但不知道李白写的就是为广元所管辖的朝天峡；人们知道大熊猫，却不知道广元是大熊猫的故乡；人们知道九寨沟，却不知道去九寨沟的最佳途径是由广元出发……广元的知名度和它实际拥有的太不相称了。

布恩黛海滩

仿佛有种理不清的情缘又一次把我带到这座海滩。

从一幢叫密尔顿的棕色的两层小楼走出，踏上罗斯柯街的人行道，我就感到海风的气息了。一位金发披肩的澳洲女郎擦身而过，她赤着脚，穿牛仔式短裤，上身是露背超短衫；她踏碎的树叶声和正午的蝉鸣在宁静中更增添一份宁静。人行道两旁无声地停满了小汽车，偶尔也有一辆车在柏油路上呲呲而过，和蹬滑轮的青年人相安无事。各不相同的民宅建筑隐约在各不相同的花草树木的婆娑之间，更透出那融融夏天的温馨。天空真的很透明、很澄蓝，使片片的白云像擦玉盘的丝绸。我几乎忘记这已是南半球的天空了，难怪昨晚我徒劳地去寻找北斗七星呢！

步行不出二百米，布恩黛海滩就闪现出她全部美好的身段。我不知道该先看远方还是先看近旁，可眼睛的抛物线一下子就弹了出去。海面的蓝使我很吃惊。也许是清爽，也许是阳光，那种蔚蓝才叫人懂得蔚蓝的本来含义。稍近一些的海面则又变成翡翠绿的颜色了。远方是难以想象的波平浪静，朦胧中看不到军舰，也看不到远航的船只。

我呼吸着，我孤独着。我愿意孤独地面对这蓝色的海湾，因为只有孤独才能有思索，才能有自己的观察。我随意地在布恩黛外卖店门前的白色桌子前坐下，选了一罐叫"浓春"的橘子汁，随意地吮吸着，随意地把我化入这异域的风情之中。

　　布恩黛海滩是一个真正的海湾，呈 U 字形，像造物者突然给这美好的土地镶出人工海湾游泳场一样。进湾的两岸是岩石高坡，成为天然防波堤。巨大的浪击打着岩石，在阳光下晶莹美丽。很难想象原始的海滩是什么模样，此刻显然已高度现代化、旅游化了。正对着海滩这环的底部，完全是商业建筑。前面是汽车马路，再前面滨海路，由草地、柏油路停车场、大理石人行道叠次而过，下台阶就是白色的沙滩和海了。天然的美和人工的美组合的和谐宁静，可谓珠联璧合。一切都是为舒适便捷服务的，方圆之内井然有序，从这儿坐而观海，实在是别有情趣。

　　在我旁边，是一个微型街头花园，靠花坛的四周有条凳，有两对老年人和几个年轻人坐着聊天，其中有一人戴墨镜击鼓自乐，行人也可能是远方或世界各地的旅游者，也可能是布恩黛的居民，但穿着都十分随意，男人大都穿 T 恤衫，有的也穿挎蓝背心，颜色各异，绝少发现穿西服的绅士，男人打赤膊的也不少，有的胳膊和胸背文上了各种图案。女人则穿得更多姿了，好像露腹和露肚脐的超短衫比较流行吧！这里，绝对找不到围观和窥视她们的景象。每个人都在干自己的事情，每个人都不习惯干预或者说过分关心他人的事情，当然包括打扮和行为。但是我真的没见到在西方街头常有的"朋克"青年。这里，更多的是一种轻快，或者说一种潇洒。

　　我更欣赏行人过人行道时那种绅士风度。在画斑马线的地方，行人是上帝，行人不用看穿梭的汽车，而所有汽车都会在你面前停下等待你过去。海滨大路的车是很多的，的士、私车和公共汽车鱼贯而行，但都透出潇洒的不紧不慢的样子，甚至快车道上也有自行车和滑板车、滑轮车，天知道呢！只有靠那互相尊重的信条吧！

当我拎鞋在沙滩上行走时，我才真正领略了布恩黛海滩的奇异的魅力。沙粒实在是太细了，松软平坦；沙滩也实在是太大了，成百上千的穿着各种颜色泳装的男女，躺在那里，像一盘美丽的彩棋盘。但是，这里最壮美的景观是冲浪运动。人们挟着各色的冲浪板，走向大海。这时，我曾在远处感觉的风平浪静消失了。原来在近海处永远翻腾着大浪。蓝色的浪谷和白色的浪峰此消彼长地一次次涌来。在阳光下现出一幅幅鲜艳无比的油画。当你抬眼看时，那些勇士正踩在冲浪板上，在浪峰上高高跃起，接着消失于浪谷，然后又在另一道浪峰上屹立，整个身体的线和波浪的线一样现出鬼斧神工之奇妙，难以描述。记得前天下雨，我到街头闲逛，当时狂浪大作，阴霾满天，但也有许多弄潮儿行于涛上。据说，布恩黛是理想的冲浪之湾，可能还有曼莉海滩，一年四季都不会缺少这种景色。

浪涛涌上沙滩，没有任何的阻拦，显现不出拍打礁岩的气概，然后又悄悄地退回去了。我的心此刻也一如浪涛，没有碰到撞击式的对话，在漫过时光的沙滩后又悄悄地退回去了。但无论如何，能几次亲临南半球悉尼的一个名叫布恩黛的沙滩，和以往临海一样体验到博大和无私的心态，能不感到"美哉，悉尼"吗？而且，和以往在海滨漫思时充满喧闹、倾轧比，能在异域的众多的人群中又拣到一份互不干扰的潇洒，一种往昔的海水所没有带来的别有一番哲学启示。

飞越太平洋

波音 747 飞机滑出上海虹桥机场跑道，我系好安全带，头靠向座椅，眼睛微微闭上，才猛然有"出国"的感觉。

天色阴沉，却也未拧出雨。但飞机穿出灰云，依然是骄阳碧空。一万米高空永远是晴朗的，从无雷电雨雪之苦，当然也无雷电雨雪之乐。我知道机身下面将始终是海洋了，一直到旧金山，我们将不会着陆。此行要飞 10 多个小时，是地球上最壮丽的飞行之一。但此刻我能看到什么呢？除掉铅灰色的云层，还是铅灰色的云层。我贴近舷窗，什么也捕获不到，过分的遗憾使我产生了烦恼和埋怨。当然，这只能怪运气。

我喝着航空小姐递给我的橘子水，想象着太平洋。对我来说，这地球上浩瀚的水域是那样神奇、美丽，是我童年无法探测的童话。此刻，我们相遇，却不相见。人生也常有此事，其实，坐在飞机上的我何尝能相识太平洋，即使晴朗也办不到。飞机本身是一座能飞的房子，我们共命运的是房子里这 500 多人。这些人百分之九十是中国人，我仍住在中国的房子里，呼吸着中国的声音，感觉和在中国一样。要了解太平洋，只有坐船，正如要了解一个城市，最好骑车、步行。这时，我就悄悄孕育一个想法，但愿在加拿大访问期间能多坐汽车、火车，甚至步行，如果总坐飞机，恐怕就和加拿大无缘了。

幸运的是，飞到日本上空，机下灰云消失，我能看到那浩渺烟波，但那实在是太遥远了，而且是贴近日本列岛，恐怕这水域也不能叫太平洋，只能叫某某海湾吧。也许是阳光的缘故，水面呈昏黄色，使我有沙漠和浅湖的感觉，头脑中始终不存在那蔚蓝的童话。水上有火柴盒似的船，拉出长长的雪练。这时，最吸引我的倒是日本的海滨，那填海造港、造工厂、造城市的图案，从高空望去，好像在一幅绸缎上剪裁得那么整齐、漂亮。原始的天然的曲折海湾是看不到了。唉，看来好似轻轻一剪，实际上会有多么大的工程！

飞行的速度和时差使人无法从窗外的天色去判断时间。我有意保留北京时间。这样我可以掌握实际飞行时间。离开日本上空不久，就又转入灰暗。我又一次只能凭感觉去想象真正的太平洋。下午6时，突然进入黑夜，不到一小时，就完全沉入幽黑，地地道道地进入午夜。吃过晚餐的乘客大多进入梦乡，而且机舱内下午连续放映三小时的电影也剥夺了他们的精力。我依然感到清醒，眼睛贴着舷窗，享受太平洋上空的夜晚。冥冥中仿佛找不到月亮，星星倒是灿烂，像冰粒似的逼人。这时，诗句开始涌动：

只有飞行声伴着鹅黄的灯光
穿越子午线竟如此宁静……

我不得不掏出本子。如果此刻我不用文字来定格，那会忘得无踪无影。在静夜中幻想比在静夜中做梦更使人陶醉。时间在思索和文字的选择中停止了。我默默地放下笔记本，希望能入睡一会。但是情绪依然在波动。我忍不住又把脸贴上昏黄的舷窗。这时，天空不是锅一样的黑，而是昏昏的淡青色。星星也暗淡下来，整个布景好像没什么反差。耳边仍然是稳定的飞行声。我没想到，我们在神速地滑向黎明。当我的表指向晚间 10 时 10 分，窗外的景色像旋风似的变幻。我几乎屏住了呼吸。我知道日出就要开始。

四周依然是冥冥色，但在东南方，像突然流动着一股股气流，刹那间显得更浓重。机身下的云内乳白色迅速变黑。整个天空像一座剧场，四壁灯光全闭，而舞台正面帷幕还未拉起。但变化已在眼睛来不及觉察中进行，四周的光仿佛在偷偷地朝那儿集中。突然，帷幕拉开，舞台出现各种色彩的楼梯。贴近海平面的是黑色，然后是青色，然后是蓝色，半环恰是白色，而上层已演成了橘红色。气流涌动得更猛烈了，使每一层色彩变幻不定，若彩绸飘动。这时，整个空间是如此澄净，如此地没遮拦，如此地允许放纵目光，是我在地面上任何角落所不能想象的。我知道人间最辉煌的事要发生了。海平面的黑处变得晶莹，像琥珀那么鲜艳，转瞬变成玉红，透明如血红的玛瑙，整个舞台像灯光全部照亮，但剧场四周仍是灰暗。这色彩的对比使人震惊。像钢水出炉，海面烙红。急速的洪流把海面划出一条深深的亮沟。人类赖以生存的太阳在太平洋上空开始登场。它像跃动的火苗，像羞怯的敲门，像婴儿临盆。实在是透明如珠啊！没有丝毫的污染，浑身仿佛淋出水滴。它袅袅上升，镶着一层光斑。天空已经被太阳的君临而完全烧透了。此刻无法定格，无法拍摄，无法记录，甚至也无法记忆，但这样辉煌的日出在我是人生难得的邂逅。我无法复述这一印象。但我觉得灵魂已为这辉煌的瞬间镀上了一层亮色。

只是我依然没能看清太平洋，机身下仍然是云雾。云的波涛酷似太平洋的巨浪吗？我注定是和太平洋无缘了。

用过早餐，飞机已逼近旧金山海湾，一片蔚蓝，当然这不算太平洋的颜色。旧金山从飞机上看去，那种美是富有阳刚之气的。也许这是阳光没遮拦倾泻在这一座座山城的缘故。我一直搞不清，飞过好几块水陆相间的彩色圆盘，五色缤纷，是天然，还是人工，不得而知。

这11个小时我们经历了下午和整个夜晚，还有早晨。旧金山是当地1987年5月6日上午8时30分，比我们5月6日上午9时30分离开北京还赚了一个小时。生命会因此而延长了一天多吗？

旧金山的早晨是亮晶晶和健康的。旧金山的早晨没有因为来了一架中国民航，来了几位中国作家而显得高兴或露出烦恼。它习惯了一切，它的早晨依然平静。

我们走出极为现代化的机场大厅，海关验毕。

我们挤入汽车的潮水。

旧金山掠影

名副其实的汽车社会。

我们坐上领事馆的面包车从机场门口驶出，立刻就像纳入特定的轨道，参加汽车游行。来去两个方向八个车道塞得满满，高架桥星罗棋布，使人如入迷宫。听不见鸣喇叭声，只有车胎滑过柏油路的咝咝声。没有交警，当然也没有自行车，甚至看不见一个行人。瞬间，我恍惚置身于孩子玩的积木之中，感觉眼前的一切都不像真的。直到汽车驶入市区，见到两边街道上的行人，我才开始清醒。

我们下榻于爱丽丝大街的游客旅馆。这是一名美籍华裔医生兼营的旅馆，主要做中国人的生意，当然也就等于和中国友好吧。我们发现，我们乘坐的这架班机空中小姐也换班住在这儿，迎面相视，按照中国的礼节，既没有说话，也没有问好。显然，这家旅馆是属于中低档的了，不过也相当于国内的较好宾馆。老实说，我个人对豪华与否兴趣不大。

我们一行五人在旅馆旁金熊餐馆用了餐。平均每人花了四五美元，有的吃云吞（馄饨），有的吃三明治，倒也简单实用。餐馆主人显然是华人，但顾客却颇多美国人。餐馆面积不大，车厢式的座位，桌子都不大，这反倒腾出不少空间，给人以不拥挤感，不像国内，饭馆里大方桌、大圆桌占去了很多空间。显然，桌子大小反映了两种饮食方式，也可能是生活或趣味方式。中国人习惯要一桌菜，而美国人通常是饭菜一盘了事。

爱丽丝大街这名字对我有艺术魅力，它使我想起贝多芬的钢琴小品。不过这条商业街也委实没多少商业气息，相反，它显得清静、优雅。我漫步着，脚边不时飞来一两只鸽子，毫不畏人，增添了些情趣。街道两旁都是不高的建筑，色彩都趋向淡雅：鹅黄、蛋青、奶白，在阳光下分外明亮，房屋式样也各不相同。好多建筑有室外消防楼梯，使我想起老上海的一些房屋。人行道不宽，而且很少有树，倒是一排排灰色像树桩的柱子，成了最引人注目的东西。我打听了一下，原来是停车收费计时器。街道两旁全是斜行的停车线，每停一辆就要往筒内投币计时。放眼望去，纵横街道停满了车。旧金山又是一座山城，街道不是上坡就是下坡，这些汽车像挂在树上一样，各种颜色、牌号、琳琅满目，像街头汽车博览会。这种城市风景在西方算司空见惯，我在国内从直观上却没有领略过。路上行人衣着普通随便，步履轻快，潇洒自如，他们互相之间很少张望。如果说，此刻只有我在盯着看我左右的路伴，想旧金山市民会原谅一个作家的职业性的无礼吧！

下午，中国书店老板的女儿诺丽琪女士开车来接我们。她穿着随便得让人不敢相信。上身是背心，下身是短裤，脚上是拖鞋。她的礼貌不在外貌打扮，而表现在对我们的真诚上。果然，老板晚上请我们的冷餐也是极其简便但又热情的，我们就在露天捧着纸盘站着或坐着。书店的同仁也都参加，便餐无所谓开始，也无所谓结束，随便聊天，随便吃喝。诺基理先生饶有兴趣地介绍他们专卖中国书籍的情况，讲他和中国的交往史。老人红润的脸上显出愉快的神情。老人不懂中文，但熟悉中国。实际上这家书店并非仅是门市，而是美国西部城市经营英文版中国书的总店，从采购到分类以及掌握各种信息也是电脑作业的。我们参观了店面，中国出的外文书很全。很幸运，柜台上就摆着英文版《中国文学》夏季号，上面刊载有我的诗和介绍我的专文，也自然使我和店号增添了一点了解和亲切感。其实，这家书店不仅出售书籍，还有字画、扇子以及中国其他工艺品。

第二天，除诺丽琪女士外，黄运基先生也来陪我们游玩。黄先生是美籍华侨，前旧金山《时代报》的社长兼总编辑，他努力经营这家华文报纸近17年，可惜最终还是因为经费不支而宣告倒闭。为此他至今仍感惋惜，但又无回天之力。现在，他承担了《人民日报》（海外版）在美国西部的印刷任务，总算又尽了一点华人爱国的拳拳之心。

我们照例逛旧金山渔人码头，出海浏览旧金山，就像到北京必逛故宫长城一样。我最感兴趣的就是色彩，毫无灰色凝重之感，明朗、轻快、柔美构成了整个的画面特色。我们登上船，夹杂于金发碧眼人中，反倒显得突出，成了美国人眼中的外国人了。

船驶出码头，旧金山的美丽才和盘托出，回首望去，整个山城建筑错落有致，密集而不拥乱，随山蜿蜒起伏，映在明亮的天空背景上，给人以爽朗宽心的感觉。海面上左右两架铁桥，像城市伸出两条铁臂，伸向毗邻的城市奥克兰，在蓝色的波涛上似摇非摇，极为壮观。当然，其中金门大桥是闻名于世的，它也是旧金山的象征。船行至桥下，天色立刻变得晦暗，冷风夹着雨霾，袭人面颊，波涛也开始骚动，船随之摇晃。我感到很诧异，为什么晴空突然消失。正欲寻求答案，船又驶离大桥。这时，天空又豁然开朗，阴雾全无，原来只有桥附近的水域才有这一现象。真有意思，是让我们碰上了，还是常年就有的奇特景色，我并未得到证实。但是，当我们下午又驱车经过桥面时，依然陷入雨雾之中。来往车辆都打开了车灯。也许，这就是金门大桥的真面目。

那么，是这段水域的特殊，还是建桥后所造成的效果？

游罢海湾，黄先生又驾车领我们到唐人街吃海鲜。街道下面有个迷宫似的大停车场。我不知车怎么开下去的。但坐电梯上来后已置身于拥挤的街面了。汽车社会就有汽车社会的方式。人类总是这样，发展了，又产生发展中的问题，但不去制止发展，而是在进一步发展中解决，这就是生活的辩证法。在进餐时我默默地思索。求全是不可能的，而且全是否就一定好？利弊往往同时降临，只有选择、改进，无可避免。

对我来说，旧金山是我步入西方社会的第一站，也许还是多看少想为好。如果我过早地进入理念，加拿大就会对我失去魅力。

明天，我们就要去温哥华了。

温哥华朦胧之夜

参观游览的疲劳算是幸福还是烦恼呢?

到晚上九点,终于完成一整套的规定日程。这时,几位华人朋友轮上做东,约我们去逛夜景。

没有人感到厌烦。我们像一块干的海绵,不放过任何机会去吸取异国情调的水汁。

我五官开放。我把车窗摇下来,耳朵听着赵先生的介绍,眼睛望着窗外景色,鼻子闻着夜晚的气息,头脑在默默地想着。我不愿说话。这时,听自己的声音是多余的。

白天领略的温哥华风光的记忆在夜空中更明亮起来。我感觉,美丽的大自然的确厚爱这加拿大西部濒临太平洋的城市。从楼上窗台望出去,四周的山白雪蜿蜒,在阳光下纯若玉石,和地上的草坪、绿树一起组成强烈而又和谐的图案。海湾切进市区的纵深地带,水色瓦蓝,游船和各种船只的桅杆密如夏天的森林。另一条弗雷萨河环绕其间,市中的陆地呈小丘陵状,散布其上的各色建筑错落有致。整个城市是一座花园,散发着淡淡的幽香。

当然,夜幕遮掩了这一切。但是,汽车驶在安宁的街上,霓虹灯伴着并不吵闹的音乐,依然能使人呼吸到花园的气息。

车过狮门桥,一片明亮的灯火,如珠链倒影于水中。我们已来到斯坦利公园。

"这是温哥华的骄傲，也是加拿大的骄傲。"显然，说话的朋友并不掩饰他希望我们产生特殊的感觉。

车在微弱的灯光中行走，朦胧夜色使路旁的树显得更加神秘。我不知道什么时候进的公园，因为我没有看见大门，更没有买票，我只觉得在野外或山区行驶。

"这个公园很大，几乎占全城三分之一，是全世界城市中在市区保存得最好的原始森林。"

这最后一句引起我极大的兴味。原始森林，这对我从来就有诱惑的象征，居然能保存于城市，居然能和城市浑然一体，实在难以想象。车没有停，仍在穿行，不时有巨大的树影投入我的眼帘。虽然柏油路面现代化了，贴近路两旁的纵深处却是伟岸的丛林。突然一棵有几人抱的大树屹立于车灯之中。从那不可见的朦胧中流出青苔的气息。

我们在海湾停下了。这时，我无法辨别方位。我们来到了印第安人木雕所在地，看上去似乎仍在公园中，也许不是。我不想问那么多。这群木雕使我忘记了别的什么。一个个木雕好像是从地上长出的大树，是整体的树身雕刻，形状有的是动物，有的是人，但都变形了的，超现实的，是原始印第安部落的图腾。四周光线很暗淡，使这一散落的有几丈高的木雕显得更巍峨、神秘。本来，在星空下，人已很渺小了，而置身于这些原始的巨大的群雕中，更有生命的草芥之感。

老实说，我是害怕这种压抑的，一旦出现，我必须马上驱除它。其实，我一放眼望远，心绪立刻又变得欢快爽朗。那美如珠玑的灯光立刻给人带来强大的生活气息。这时，温哥华的山城更显出她的魅力，灯火上下闪动，建筑物的轮廓被勾勒得更为妩媚，如拾级而上，步入天梯。

"温哥华是不是很美？"一位女士问我。

我用微笑代替了回答。

这时，我们一行人从印第安人木雕群步向海湾。

她兴奋地告诉我，去年在温哥华举行了万国博览会，那种繁华简直难以想象。一百二十万人口的温哥华市竟接待了一千二百万的游客，人的潮水从世界每个角落涌向温哥华。政府号召每个家庭都开旅馆。这位女士家也接待了外国客人。好在温哥华的家庭大部分是小别墅式的，挤出几间房对每个家庭都算不了什么。博览会期间，天天是节日。中国艺术团被邀请来助兴。这一年，掀起了温哥华热。一位显然有些自负的美国人说："温哥华第一次被标明在地图上。"

海湾中水波在风中荡漾，五月的夜温暖柔静，远方的桥像悬空的珠链，镶在冥然的天幕上。我不禁怅然良久。这时，我忽然感到有钟声从山城上飘下，也许是教堂的晚祷钟，也许是我内心的钟声。

天空好像飘起了细雨。车窗开始有些模糊。车轮在柏油路上越发带着那咝咝的声音。整个街道上的夜还是柔和的，听不到大声的吵闹。据说，温哥华的治安是很好的，鲜有暴力事件，但我们似乎仍感到那种无形的压抑。也许，这一切都是因为陌生。

当然，无论我们对温哥华，还是温哥华对我们，凭这样一个夜晚都是无法相互理解的。在温哥华那些大厦中，在温哥华那数以万计的小别墅中，每个夜晚都会发生种种我们可能理解或不能理解的事。但是我们生活了这样一个夜晚，就构成了一次记忆。

回到我们下榻的砂人旅馆，我又在门口站了一会儿，用手掌托着雨点，望着朦胧的夜色，把思绪像蚕丝那样绵绵抽出。

贝尔格莱德情调

　　秋日的黄昏。我坐在露天酒吧的欧式椅子上，随意眺望着身边街心花园的景色。柔和的阳光照在琥珀色啤酒上，别有一种韵味。凋黄的树叶不时伴着风飘落一片、两片，毫无声息，和石雕像后面玩耍的孩子及椅子上看报的老人构成一幅和平的水彩画。

　　我是来参加第三十二届贝尔格莱德国际作家会议的。行前，一些朋友不无忧虑地告诉我，那儿在打仗呢！我知道，但那是在波黑。南斯拉夫已解体为几个国家。我所在的南斯拉夫只包括塞尔维亚共和国和黑山共和国，首府仍是贝尔格莱德。此时远方的战争也已平息。当然人们心中有战争的影子。我们与会作家都被安排在一家名叫王宫的旅馆里。也许应该译成宾馆，中国词汇中往往带有等级的意思，其实，它也真是一家旅馆，并非豪华如王宫或宫殿，但它小巧玲珑，安宁舒适。它的进门电梯使我想起旧上海的那种铁栅拉门电梯。旧式，但比我们目前一些宾馆的新式电梯更方便、更安全。此刻，透过稀疏的树，我就能看见街心花园另一角的这座旅馆的灰色建筑。

　　周围的一切都一如秋天——安宁、肃穆、幽远。我喜欢这种感觉。我慢慢地呷着这味道很醇的啤酒，并偶尔对邻座看报的老人报以微笑。这时，我的心沉静如不远处伊瓦河的秋水，并开始有诗的涌动。在北京我要寻找这样一个喝啤酒的环境肯定要去非常奢侈的地方，而这儿比比皆是。我即使坐到晚上，也会只花这一瓶啤酒的钱，不过人民币五六元吧！

在这儿我极少看到广告，倒是随处可嗅到浓郁的文化气氛。也就是我从旅馆出来到这家小饭馆或称之为酒吧这十来米路，我已经看到了两座画廊。在一家画廊里陈设的书笺画展览中，我竟然看到一位中国人的作品。等我喝完啤酒顺着这放射性的小街往前走，竟然又看到一家画廊，一家书店。我后来问了一下，这条街也并非所谓的文化街。中国有句古话，叫"百步之内，必有芳草"。我走了不到百步，竟然拾掇到几家画廊、书店、小型博物馆的芳草，我觉得我的呼吸畅快多了。

我童年生活在江南小城，商业的繁华与狭窄的街道交织在一起，我从来就是习惯于步行的，而现在处处是宽阔的让人望而生畏的大街和占地相当于我家乡一座老城面积的立交桥，步行已是十分奢侈的事了。我欣喜我竟然在也算是大城市的贝尔格莱德找回了这种感觉。这种步行的走街串巷的感觉是何等美妙啊！

其实我又走了不到百步，便进入了闻名的伊丽莎白大街。这更是一条规定的步行道。路面用大理石铺成，路中的街灯造型别具风格。两侧的商店都是近乎老式的欧洲建筑，一般只二三层，但看上去敦实有力，墙面大都有艺术雕刻。在这些商业楼群中仍然不乏艺术商店，又有几家画廊。我很奇怪，这些画廊里顾客也不是很多，怎么能生存下去。显然，贝尔格莱德市民自己肯定能回答这个问题，因为他们需要。至于书店，也有好几家，还有工艺品店、体育用品店等等，给我的印象是精神文化商品丰富而且琳琅满目。

酒店、饭馆同样充满这种文化的气氛，我随意迈入过几家，从店堂设计到墙壁艺术品的张挂以至优美的音乐都让人进入宁静的享受，而不是想大吃一顿，成为饕餮之徒！非常有意思的是，每家酒店、饭馆都被允许在临街路面占一席之地，有的甚至搭上一个不高的台子，上面摆放几张桌子，并铺上了地毯。这种在露天用餐或喝酒感觉是不一样的。面对着走来走去的行人，偶尔眺望一下蓝天，再呷一两口啤酒，听听路边树木的沙沙声和店堂里传出的清丽的乐声，使自己轻松、安宁，并渴望新的创造的灵感。我在别的国家少见这种街头圈地用餐饮酒的风景。我进而想，马路市场或马路餐馆是否一律要禁绝呢！能否利用它们营造出一种马路文化艺术的气氛。

入晚，华灯翩翩亮起，广场中部更多的露天酒吧火热了起来。简单的四人或六人乐队在演奏着民歌或古典的音乐。每张桌上的饭菜都很少，显然，顾客大多不会在餐饮上有很高的消费的，他们坐在餐桌前，却又着重享受一种文化，一种情调，一种祥和安适的生活。

最有意思的是，接近午夜时分，街上忽然潮水般地出现十七八岁、二十来岁的少男少女，他们安静地走来走去或站着聊天，手中也只拿着爆米花。他们那天真无瑕、欢乐自如的样子，使我久久地沉浸到异国的别样情调之中。

是的，营造一种文明和情调，恐怕也不一定要很富有吧！

伸向大海的音乐殿堂

如果仅仅孤立地从建筑独特的角度来看悉尼歌剧院，是不是不太公道呢？

当然，她已成为悉尼的象征：在北京的世界公园内她更成了澳大利亚的代表。这里是来澳旅游者必然要朝圣的地方，或者说仅仅为了她而来悉尼。

但是，如果不身临其境，不极目眺望，就不可能从整体景观去把握这现代化的白色建筑，也无法从深层思维去衡量其真实价值。

感谢城市设计者，把地铁的出入口就放在环形码头的中央。我没想到，我从地下走出，满眼立即迎来如此开阔如此绚丽的景色。我应当说，这是我旅游生涯中所见到的最美不胜收的景色。

我有意走向码头的左面，这样我可以从远处观赏悉尼歌剧院。其实，整个码头构成了一个完整的公园。

鸽子在你脚前飞起飞落，各色人种悠闲地踱来踱去，墨绿的海水像玉带环绕在你的眼前，岸边的长凳上坐着情侣或看书的学生，路旁的卖艺者弹着吉他，自享其乐，并把请求施舍的黑袋随便放在地上。引我兴味的是一个女人伴着自己放送的迪斯科音乐在跳踢踏舞。特制的鞋底和石板敲击发出非常悦耳的声音。

在这里，每个人都在享受着大自然，也享受着自己。

我登上一座像船头建筑的平台，隔着海湾观赏悉尼歌剧院。阳光抛洒在一湾海水上，跳跃起无数金色的鳞片。这时，歌剧院的建筑更明亮辉煌了，她伸向大海的美丽的倩影更如从水中托出，使我产生想飞越过去拥抱的感觉。

而当我重新绕半个码头走近这座现代建筑时，她刚才那种纤细、秀美顿时消失了。在我面前分明是一座庄严神圣的殿堂。她的台阶，基座所构成的阔大宏博及其赭色的气势甚至像埃及的金字塔。我一步步拾级登临，确实有朝圣的虔诚。她的建筑之庞大超过我的想象。我过去看过的摄影不像她，我刚才从侧岸看到的她也不像她。只有我虔诚的脚步印上这大约有三米宽的石块时，我才能体味到她的宏大与辉煌。

整个歌剧院建筑由一组巨大的白色海蚌所组成。大概有九只海蚌吧！她们半启半合，跪对日月，吞吐阴阳之气；她们像刚浮游上岸，白色肌肤上还滴落水珠；她们又像要回归大海，向太平洋升华出自己的珍珠。

可惜，这不是一个演唱的日子。我也未能入内聆听那美妙的歌声。但我已有满足之感。可以想象，歌声会从海蚌的身上发出回响，并从绿玉的海水上滑出，传到人间和非人间的地方。我想，这大概是世界上最大的音乐殿堂了，也许在美国卡内基音乐厅或维也纳歌剧院登过台的歌唱家、演奏家、舞蹈家也想来此一显身手，因为他们会不仅面对观众，而且面对自然和大海。

离开歌剧院时，我几乎是倒行，走三五步就回眸一次。巨大的海蚌在我面前又变小了，而整个的海湾却越发显现出其博大精深。对岸的错落有致的别墅群，在绿荫中闪出红色的花朵；海水随着弯曲的海岸呈现着复杂的曲线。而伟岸的大铁桥仿佛从海中腾出，欲凌空而去，那英武雄劲的气势甚至比歌剧院更感人。临城市的一面，约二十座摩天楼高低起伏，别有一种风情，确实让我感到增之一分则太浓，减之一分又太淡。

怎么说呢！世界就是这样，悉尼也是这样，永远是一个分不开的整体或群体。悉尼歌剧院妙就妙在处于这个海湾，她立在半岛的中央。她无疑给整个 Circular Quay 带来无与伦比的骄傲，但是，也是这 Circular Quay 所有的景色，这铁桥，这公园，这海水，这游船，这摩天楼，这热带植物的五颜六色，才使悉尼歌剧院更婀娜多姿。

这也就是人生。我们寻求着互相依靠，互生光辉。当我们更强大或更美丽的时候，我们无须抱怨四周所谓"弱者"或"丑陋"，我们仍然是互相依存的，并因对方的存在而更光辉。

一如音乐、歌声，永远由不同的乐器，不同的旋律、和声和不同的音色所构成。

也正因此，悉尼歌剧院的建筑和她发出的歌声，会对来自北京的人亲切，并平等地互行注目礼。

那么，伸向大海的音乐圣堂，请不要忘记我，一个造访过你的中国诗人！

班府的绿树和雪

在烛光摇曳的班府镇法式饭馆里，加拿大作家雅克·热德布（Jack Godbout）和我见第一面就问："你为什么来加拿大？"我说："也许是命运的驱使吧。"我的回答一时使他意外，但他很快就会心地笑了。是的，人生是有规律的，也受制约于主观的意志，但在分隔成的一段段的时间里，却又充满了偶然。也许中加作家会见是某种安排，但偏偏是我和热德布在这样的时刻共进晚餐，还与我们团的鲍昌、叶蔚林、严亭亭、翻译王宏杰以及加拿大的这几位作家相聚，恐怕也只是巧合吧。窗外，下起雨来，声音悦耳，这五月的冷雨反倒为我们初次相逢增添了温暖和宁静。

我们下榻的班府艺术中心招待所在群山环抱之中。地上绿草如茵，和屋内满铺的地毯毫无缝隙一样，它占领了除柏油路外的所有土地。这绵延无边的草地使眼睛有最愉快的享受。绿树此起彼伏，在山坡上下旋转。但眺望近山，却又白雪皑皑，在阳光的照射下，成为绿树的背景，呈现出难以言传的诱惑。

我很快爱上了这风景秀美的班府，习惯了在班府艺术中心所过的半学生生活。原来我们得知要住在学校，并和学生一起进餐，我立刻想到中国式的大食堂：小窗口排队，六七条长龙，却反而更兴奋，因为这样我们才能更接近生活。当然，我的想法是过于古老了。他们所谓的学生食堂也是相当餐馆化的，不仅没有小的窗口，而且餐桌也是宾馆式的。一律是自助餐，冷热菜有二十多种，还有冷热饮料、水果，自取餐具也崭新多样。我们不可能享受和同学一起排队、抢座、洗盘的乐趣，但能和加拿大作家一样端盘子自取，一样挑选座位，并和他们边吃边谈，省却上菜碰杯等礼仪，却也感到颇为轻松和谐，别有风味。

这种生活方式也使我们的文学讨论充满了不拘礼节、亲切自然的气氛。会议根本不在豪华的会议厅举行，而就在学校的电化教室，也没有沙发茶几，就随便围一两张长条桌子，坐的是硬木制的折叠椅。加拿大作家的穿着比我们还随便，有的穿普通夹克衫，有的只穿毛线衣。开幕式上加拿大理事里夫路指着自己脖颈说："我讲完就可以摘领带了，解放脖颈。"但这一切并不妨碍我们所讨论的题目的严肃性和重要性。文学中传统、创新和现代科技发展的关系，这恐怕也是世界上很多作家都关心的题目。当然这更不妨碍中加作家第一次历史性的会见。

一开始，中加作家都担心会议可能沉闷，因为作家的气质决定他们必然讨厌会议形式。但是很奇怪，我们之间都很快为对方的发言所吸引，以至于到了希望延长这场讨论和开会时间的程度。

著名女作家、诗人怀司曼（Adele Wiseman）用她新创作的寓言发言，证明传统和创新像孪生兄弟。安德烈·理查德（Andrew Richard）认为文学的传统和创新的钟摆来回的摆动，乔治·内加（George Ryga）是位剧作家，因为他写诗剧，所以也是位诗人，他的作品以古老的印第安文化为题材，他认为传统有深厚的内容，而雅克·热德布兼诗人、电影剧作家、导演于一身，对新技术充满热情，他认为科技发展必然带来艺术变化，比如避孕工具出现就改变了一代人的伦理观念。我们仔细倾听了他们的发言，而我们的发言同样吸引他们。在这儿，我感觉我们东方式的智慧不仅可以被西方作家理解，而且能给予他们某些启示。因此，他们对我们每人的发言都提出许多探索性的问题，我们都愉快地给予了回答。我们每个人的观点都有差别，甚至有某些不同。但我们的思考好像都能引向一个大的轨道，都主张宽容，都主张交流，都主张相互学习。在这里，最大的区别反倒不是认识，也不是肤色和国籍，而是语言上的差异了。加拿大法定使用两种语言，因此我们不得不跨过法语、英语、汉语三座桥梁，译来传去减少了我们三分之二的时间，甚至使发言在对方的耳朵中减色。这时唯有眼睛和手势，成为唯一没有障碍的园地。

和往常我们与其他外国作家交流的情况一样，我们对加拿大的文学了解较多，我们可以开出一连串的加拿大作家、诗人的作品的中译本名单，而加拿大作家对中国文学都显得很陌生。我们了解外国，而外国不了解我们。这是规律吗？是由于我们的方块字，还由于外国人的矜持？是由于我们对外国文学的饥渴，还是由于我们的文字内涵、形式外国人难以接受？……文学的出口比商业出口还要不景气，也许这对中国作家提出了一个课题：在这种情况下该怎样去寻求更多的理解。当然，这里可能隐藏一个造成外国人对中国文学隔膜的更为主要的原因：那就是出版机制问题，中国没参加国际版权组织。我们后来到蒙特利尔市，会见了出版商，他们就强烈表示想译介中国文学作品，可是他们不知道该怎么联系，该怎么去办，我们也说了一些想法，比如请他们找中国作协，找大出版社等等。可是表示了以后又怎样？像北京一句土话"侃大山"，我们谈了也只是说说而已，环环相扣，无人去抓。我由此深深体会到，办一件实实在在的事比说十次话要难得多。

当然，即使他们没读过我们一页字，一行诗，但我们总算相识了，理解了。加拿大的作家分明已经感到，中国不仅有长城，有老子、庄子，有李白、曹雪芹，也还有当代的诗人、作家，他们不仅在为二十世纪八十年代的中国人写书，而且他们的思想、认识、情感也完全可以引起加拿大人的共鸣。

当我们共同漫步在班府小山坡的绿树丛中，当我们同车欣赏美丽的露易丝湖，在我们不断听到加拿大理事凯顿快活的笑声中，在我们一起出席班府艺术中心主任阿姆斯特朗夫妇的家庭宴会上，我们都为这种共鸣而激动。我们在交流中谈及文学艺术、社会、人生以及其他种种方面，都是能进入相当层次的。如果说我们和外国作家有差距的话，那我们欠缺的不是人格和智慧，而是由于其他干扰而失去的为文学艺术献身的时间。

夜晚，我回到自己的房中伫窗而立。四周安静极了，屋里柔和的灯光照着床头两张大大的现代派画作。我随身带的一盘我女儿弹钢琴的录音带在发出亲切的声音。在星光下绿树越发黑了。而远山的雪却呈现出幽蓝的光。此刻，我置身于夏天和冬天之间，置身于两种景色的辉映之下。我觉得绿树和雪不是排斥的，而是交融的，这一切都会汇合成优美的和声，谱成我们的生命本身，正如我们中加作家间的对话一样。

瞬间，我没有异域之感，缠绕我的依然是人生常有的那些情绪，往往说不出是快乐还是惆怅。

落基山麓波德镇

来到美国，如果只见纽约、洛杉矶、旧金山、芝加哥这样的大城市，恐怕很难说了解美国。真正的美国精神、美国魅力、美国财富实际是渗透在那些成百上千的中小城镇之中，它们像一颗颗珍珠，镶嵌在广袤的土地上，像一片片美丽的绿叶，使这棵婆娑的大树分外引人注目。

我有缘和不到十万人口的城镇波德相逢于春天的四月。我来听我女儿刘弋珩的毕业钢琴独奏会。目的单纯，我将轻装而来，轻装而去。在中国版的世界地图册美国这一页地图上，尽管标了有二百来个城市名称吧，但没有 Boulder 的名字。我想，它被科州首府丹佛尔所代替了。确切地说，它该是丹佛尔的卫星城，相距只三十五公里，但它并不隶属于丹城，它是独立的城市，是名副其实的波德市。之所以愿称它为波德镇，我以为这更符合它的气质，更贴近中国人的比较模式与想象空间。

如果从我们城镇的内涵来看，则又不尽准确了，它真正说来是一座大学城。科罗拉多州把它的州立大学设在一个叫波德的地方，于是这座有三万师生的大学就辐射出一座小城了。

与我们的想象空间又多少迥异的是，在美国是找不到那种有围墙的校园的，宿舍、公寓、教学楼与城市的麦当劳、加油站、教堂、超级市场毫无间隔并浑然一体。城市即大校园，校园散落于城市之中。因此，当我或驱车或步行于整洁宽敞的马路与二十四小时有红绿灯关照的交通干线，我无法与我传统的校园印象去攀比依附。

和所有美国地区的风景一样，这小镇也膨胀着汽车潮。为了适应这种几乎一人一车的生活方式，不得不设计与小镇不相适应的过于宽阔的马路，学生公寓前的停车场比公寓本身的空间还大，更不用说超市门前的庞大的停车场了。我住在我女儿的不大的四层公寓内，白天出门散步，公寓前像座空阔的足球场，到傍晚，一辆辆小汽车像小鸟归林，门前就几乎找不到什么开阔地了。这种汽车社会我曾经在十年前访问旧金山时有过慨叹，没曾想今天到这么一个小镇居然更感触其有过之而无不及。

和汽车占有的大空间竞赛，居民的一座座小别墅的建筑更是肆无忌惮地占有着空间。一条一百来米长的街面两侧，也许只住了十来户人家。其实，我用"别墅"二字是沿用了中国习惯，因为这里几乎所有建筑都可能比我们报纸广告上宣称的别墅、花园更别墅更花园，实际上它们只能说是民宅，因为拥有这些建筑的主人都是普通的公务员、教师、工人。我有幸去我女儿的钢琴教授家，远比北京的那些只有超级大款才能居住的所谓水上花园、罗马花园阔气得多，但这里已经"飞入寻常百姓家"了。一个研究生毕业后只要能找到一份职业，也肯定能拥有这类别墅式住宅。我的挚友刘再复因为是大学的客座教授，也拥有两层小楼，车库和后花园之大都颇让我惊异，我建议他修游泳池，他却叹于无法管理。

我不知道这种建筑与生活方式会占去多少空间，像我这样一个来自领土广阔却又觉得空间狭小拥挤的大国公民不得不进入思索：是不是美国过于奢侈与浪费？当然，奢侈毕竟不是一件轻而易举的事情。再进一步说，如果这种奢侈已经普及到小城镇甚至农户家中，大概就不能指摘其奢侈与两极分化了吧！

人们告诉我，这里是高原，海拔一千五六百公尺，丹佛尔和我国拉萨结成了姐妹城市，可见其品位。当然，从地理横向比较，它与我国西宁结对可能更准确。但如果它是美国的最高城市，按国际惯例对等待遇，其对象也只能是拉萨了。我倒没有多少高原的感觉，也可能是我生理上缺乏高原反应，或者我是从空中来，只有降落，没有火车、汽车往上爬的体会。我唯一能体味此处高原，恐怕只能用落基山矮来解释。因为我的脚实际已接近半山之腰了。可以想象，在这片地域未开发前，落基山四周肯定是荒芜与恐怖的山石。这座小城是人工开发出来的，它并非自古就良田沃野。这样一想，便也觉得城市拉宽、民宅占用大空间是理所应当、无可厚非的事。如果我们在新疆、青海、甘南、川西开发出一个个小镇来，对当地人享有的宽敞谁能说半个"不"字。

高原的感觉虽然没有，但天空蔚蓝、云彩淡雅、山风习习、鸟语花香倒给我留下了强烈的印象。前两天还接连下了两场雪，但抵抗不住的春天来势还是迅猛的，地上的蒲公英开着黄色的小花竟一天一个样，而粉色的榆叶梅更是烂漫如荼。黎明，在狭窄到只有一米的人行道上漫步，呼吸着据说地域干燥我却觉得十分湿润的空气，很是惬意，尤其耳边传来的各种不知名鸟雀的啼鸣，再看着树上不怕人的小松鼠，颇有忘却城市之感。而不远处的落基山逶迤南去，更增添那神秘的空阔。应当说，落基山是很荒漠的。不可能和我的五岭，甚至秦岭、大巴山相比。但它在只盛产石头的地方，却也孕育了勤劳、坚毅的人，他们在山坡种上最能生存的松树，才使落基山有些许绿的生机，并在其中与四周修出了道路与建筑。据说，它又是滑雪者的圣地，这也许更是美国人的生存方式吧！

我喜欢这样漫步，这样在漫步中去思索，这样在漫步中去体味大自然本身所展示的风采。正因为如此，我喜欢市区中心的珍珠街，这是一条步行街，汽车只能停在街的四周。在这里，小镇的大而实的感觉消失了，街道两侧商店相视而望，人们又能摩肩接踵了。欧洲的风味开始出现了，酒吧与快餐店都把一半的店面伸到街心，以便客人能坐在露天享受饮酒眺望街景的愉悦。

我也静静地坐在那里，喝着黑啤酒，并用手捏着炸薯条就酒。这是最容易引人遐思的状态。街心有个吉他手戴着墨镜在自弹自唱，脚边有讨赏钱的帽子，稍远一些还有三个鼓手，操着同样的职业。没有喧嚷，没有争吵，没有打架，空气中只游动着那种使你进入梦神感受的氛围。

　　那从宁静中诞生的花朵

　　会漂浮到另一彼岸

　　并散发着被忘却许久的幽香

生活在这里的人们还需要什么呢？如果已经有了那别墅式的住房，地毯，昼夜的热水，一人一车，二十四小时的超市购物，使心灵放松的星罗棋布的教堂……也许，他们更需要的只能是和平勤劳，智慧创造，而身心也不再浮躁并把精力引向孜孜不倦地学习了吧！

从彼岸来的我更因此而不安。如果说，我们建个旧金山与纽约或芝加哥，也许还遥遥可期——像我们今天的浦东、深圳那样——但要是在我们的土地上，建成我们地图上也不标的那些大大小小的如此的波德镇，恐怕就不是我的生命能体触到的了。

但是，这又未尝不是一种启示，在即将开始的未来，我们可不可以去考虑。以大学为中心设计出并让生活本身自然流露出那些大学城，并形成我们自己的模式。那么，是否是在实践中生长出的"科教兴国"的果实呢？

作为知识分子的我，在遥遥地祝拜着。

1998 年 4 月 26 日上午

于美国科州波德

第三辑

寻 找 自 己

寻找自己

秋天，总给人一个宁静而开阔的世界。

偶然地，躺在渐渐发黄的草地上，放松着身躯。此刻从我心灵深处浮出一个埋伏已久的悬念：我是谁？我该去干什么？

一种过于匆忙和浮躁的生活无情地淹没了我们自己。

以往，无穷的会议和斗争支配了我们的意志；现在，耀眼的物质和机会又使我们手足无措。

面对着开放后所展示的无穷的物质的和精神的世界，我们似乎仍未能从以往的误区中走出，那就是过多地注视着周围和他人，而忘却了自己。

从表象上看，我们开始认识到个人的价值，并已经在为自己而努力奋斗，在自下而上和事业中参与竞争。但是，我们国人的趋同性和一窝蜂的习惯仍束缚着我们的意识。风闻鸡血疗法延年益寿就人手一只大公鸡，盛传呼啦圈能趣味健美又人腰一圈，风闻股票能赚大钱又满城空巷购股票……五花八门的"热"像台风刮过又迅速消失。

我们的眼睛总是跟着世道旋转，却很少去内视：寻找自己的趣味和气质，自己的能力和意志，自己该追求的和自己能达到的目的。

如果你缺乏艺术家的感觉也许你有做生意的本事，如果你终生也弹不好肖邦的夜曲也许你有航海家的胆略，如果你不拥有数学家的头脑也许你擅长养花和收集邮票或者演出相声……

当然，自己不具有的能力可以努力去掌握，模仿别人有时也是一种奋进的动机，但前提都必须取决于在寻找到自己后的判断。

浅薄的东张西望和朝秦暮楚是愚蠢而无味的。漫步在夜晚天空下，以静若处子的心态，审视着自己的一切，终究会在晶亮的蓝色幕布上，找到一颗属于自己的星。

寻找自己是痛苦也是愉快的过程，而真正寻找到自己后会滋生出难以形容的充实和信心。

在大千世界，追求财富，追求艺术，追求外在荣华，追求内心高尚，都无可厚非，因为人是不同的，只要寻找到自己就会产生和谐的美感。

固守自己的一块田垄，努力地耕作，种瓜也好，种豆也罢，哪怕别人的田挖出金子，也不必动心，这就是寻找到自己后的真谛。也许，你最终的瓜豆都有相当的含金量呢！

从某种意义上说——

成功者不属于所有人，

但寻找到自己的人必定是成功者！

那双美丽的眼睛

有一阵子，我常到一家小饭铺去吃午饭。那儿比较僻静，周围是四合院，卖早点的多，中午便门庭冷落了。不拥挤总是一种愉快吧！吃着辣凉面，随意地眺望。我的目光偶尔和别的顾客或服务员相触，对方似乎也报以微笑，甚至轻轻一点头。我的食欲仿佛也好起来。我多么喜欢和那些给人以喜悦的眼睛相视啊！

一个戴深墨眼镜的年轻人引起了我的注意。他总比我来得早，坐在屋角，脸上常挂着微笑。每当我看过去，总以为他在准备和我说话。他面前放个小半导体，放着不大的声音。有时，吃完饭还静静地坐着。这时，我又觉得他有些忧郁，我在想，可能是个"待业"青年吧！

他穿着很干净，也很漂亮，似乎对色彩很讲究，却没有丝毫的轻佻。有一次，旁边一个顾客不小心把汤泼溅到他衣服上，那人正不知所措，他反而主动去安慰对方："没事，不要紧。"说着自己掏出一块手帕，缓慢地擦着。我很少见到这样心地的年轻人。

一天，我凑过去，他的半导体这时在播学英语，我搭讪着问他："你在学外语？"

他顿了一下，发现了是我问他，摇摇头："我学不了，随便听听声音。"

"有工作吗?"我说出时便感到有些鲁莽。

"有啦,糊纸盒子!"我开始以为他这么大声回答是出于一种不满,其实不是,他很快讲起糊纸盒子的过程,双手翻飞起来,像弹着琴键。他说话时手指也像在说话。我很喜欢他那充满深情的样子,是一种对工作和劳动的热爱。他始终没有摘下眼镜,但我从他漂亮的脸型上猜想他一定有一双明亮而美丽的眼睛。

但是,我想错了。就在这一天,我和他一起离开小铺,才发现他拿了根棍子,虽然也是很漂亮、很讲究的一根棍子,原来……我明白了一切,执意要送他。但,他握了我一下手,转身走去。他的步子真轻快,仿佛世界没有给他任何的阻拦与不便。

又过了些时候,我看见他和盲人姑娘在一起吃饭。他似乎不断透过墨镜深情地望着她,还娴熟地用筷子给姑娘夹菜。那姑娘没戴墨镜,不时眨着眼睛,那秀丽的脸庞上露出一种甜蜜的幸福。我相信,这时候,他们互相能看清对方的。

我常常想,世界是这么美好,色彩是那么绚丽,活着的人如果失去一双明亮的眼睛,会是多么悲哀。但是,如果灾难真的降临到一个人的身上,让他从此失去光明,那么,美好和勇气依然会使他战胜黑暗,甚至帮助他寻找到另一种永恒的光明——心灵的光明。那双眼睛依然是美丽的。

我目送他们离开小铺。他搀着姑娘,脚步更轻快了。在微微的风中,他俩的鲜艳的衬衫和裙子飘着,带着一种异常明快而富于幻想的色彩,并没有因为穿的人失去光明而黯淡或减色。

心灵的轻

生命是一个自己的不可转让的专利。

生命的过程，就是时间消费的过程。在时间面前，最伟大的人也无逆转之力；我们无法买进，也无法售出；我们只有选择，利用。

因此，珍惜生命，就是珍惜时间，就是最佳地运用时间。由于我这种意识的强烈萌生，我越来越吝啬地消费我自己。

我试图选择一种轻松的生活方式，因此我提倡并创作轻诗歌。我所说的"轻"并非纯粹的游戏人生和享乐，而是追求心灵的轻松和自由，过自我宽松的日子。而这种感觉会导致行为的选择更富有人性和潇洒。一个人自己活得很累会使你周围的人甚至整个社会也感到很累。如果说，我能有益于他人和群体，就是因为我能释放出这种轻松的气息，使别人有缘和我相聚（无论多么短暂）时，都能感到快乐。

只有轻松才能使人不虚此生，才能使整个世界变得和谐。以恶是治不了恶的。

对于我们这群黄土地的子孙来说，古老的文明、漫长的历史已使我们背负够重的了，复杂的现实和人际关系使我们体验够累的了。

我愿意以轻对重，以轻对累。对我自己，无论是处于佳境还是不幸，我都能寻找到自我轻松，既不受名利之累，也不为劣境所苦。对周围群体，当我出现在他们面前，能带给他们所需要的轻松，从而增添他们生活中的喜悦或缓解他们的痛楚。

当然，这也是我在非常窄小天地里的一个愿望，为社会、世俗所囿的我，深知——

追求一种轻松的生活方式，在某些时候和某些方面，也许会付出沉重的代价。

成长的平静与躁动

无论我们情愿还是不情愿，无论我们快乐还是忧愁，我们每个人都在不断地成长，岁月在我们身上添上一道道无形的年轮。

是的，从真正的语义上说，成长不属于中年人或老年人，因为中年人或老年人已完成了人生的发育，他们已攀上了生理的顶峰，开始用理性品味人生。

只有开始发育的孩子、少年、青年喜欢成长、盼望成长。

生命一旦出现，成长便不可避免。应当说，所有的成长都是渐进的，无声的，在平静中变化。人们很难分辨一个小生命逐日的成长，但相隔一段，蓦然回首，成长的痕迹便非常明显了。

但是，伴随着这种平静的成长又涌动着多少躁动啊！这些生理上的、心理上的躁动，几乎随着人的发育阶段而呈现波峰浪谷，或急或缓、或高或低、或明或暗、或强或弱，在你的心底深处反复着。

从什么时候开始懂得羞涩了？从什么时候开始对爸爸妈妈隐藏自己心底的秘密了？从什么时候开始对异性发生兴趣了？从什么时候开始喜欢独自胡思乱想了？

生命在平静中出现躁动，生命在无声的发育中产生抗争，生命在由单纯变为复杂。这都是成长所带来的快乐与烦恼。

埋怨这一切吗？不会的。我们每个人都不愿意时间停止流动，不愿意停止在某一天或像一部荒诞电影所表现的那样每天都去过昨天的生活。我们会盼望成长、盼望那种朦胧的但肯定新鲜的明天。

在人生的茫茫旅程中，尤其是在人生的开始，勇气与想象比胆怯和呆滞更富有闪光的诱惑力。

永远不要拒绝我们人性中的这种躁动！这种躁动是成长中的希望，是春潮涌动的旋涡与激流啊！

不要恐惧我们内心的躁动！我们应适应它，迎接它，成长中的躁动迸发出生命的创造力，使平淡的生命充满传奇。

这种躁动对发育已完成的中年人、老年人也是有益的。他们也在用成长的躁动去进行新的幻想创造，从而完美自己的一生！

学会排解郁闷

在生活中，也许，快乐的时光居多；此刻，嘻嘻哈哈、无忧无虑、顺顺畅畅、开心满怀、情绪饱满，说话做事吃饭睡觉都轻松愉快，日子过得不知不觉……

但是，由于种种原因，在各个年龄段，都有很多不顺心的事，烦恼甚至痛苦占据了你的心灵。

有时，这可能是灾难性的，诸如亲人重病或死亡，车祸，事业或商业上重大挫折，恋爱婚姻上的失败，使你难以承受甚至想了结此生；有时，这可能是隐约作痛的，一件难以启齿的事件，高考、中考的落榜，一次交友的失落，工作中和领导、同事间的不睦，都能使你精神压抑而久久郁结于心；但多数情况下烦恼往往来自芝麻粒大的小事，朋友间偶然的赌气，派对上某种程度的被冷落，赶车约会的不顺当，购物的不愉快，甚至在饭桌上因父母的一句话，一件心爱衣服的玷污，一封信的丢失，甚至某个坏天气影响了办事或出行，都会使你心烦寡悦……

尤其这些小小的不快俯拾皆是，随时均可出现，使你甚至感到你的运气特别不好，好像坏事总缠着你似的。

对一些心胸狭窄气量小的人来说，这种随手可拾的不快几乎像有害的二氧化碳一样无处呼吸不到。

于是，你总是面带愁容，满脸不悦；于是，你总觉得世界只跟你过不去。

而且，这种不快像种子，它能发芽，长叶，开花，把你心中小小的不快化作烦恼，再把烦恼化作忧郁，久而久之，你会变成患忧郁症的人。你的生活会越来越忧伤、痛苦，你与他人之间会越来越隔膜，你甚至觉得生活无趣，失去生活的勇气。郁闷终于像癌症一样侵蚀着你的肉体与灵魂。

这时，你必须学会排解郁闷，在心理上战胜郁闷与郁闷中的自己。

你应当看到其实你与周围那些快快活活的人一样，你也有很多顺心的事与快活的场合，只是你却从来不去咀嚼与回味你的快乐，而是不断反刍你的烦恼罢了！于是你把习惯改过来，把快乐多多享受，甚至在散步与休息时再去体验，而把烦恼像垃圾那样扔掉。

你可以在清晨或夜晚打开窗户，对着朝霞或月色深深地呼吸，然后说："此刻我多宁静，自由，让那些烦恼见鬼去吧！"

你可以在音乐中，在运动中排解你的郁闷。只要你发生一丝郁闷，你就去放一段你喜爱的音乐，让音乐一丝一分地消融你心中的块垒，就像积食被化导一样，你会感到情绪与身心开始轻松。你更可以去做一场运动，打球、游泳、做健身操，让你满身汗水，冲洗掉你心中的忧郁；只是我不建议你下棋，那样，棋下不好，反而会因输棋更平添怨气……

不过，治疗郁闷最好的方法是主动去找人倾诉，去找自己的父母，找自己的伴侣，找自己的同事，找善良的邻居，甚至和偶尔熟悉的人。去倾诉吧，一股脑儿地倾诉干净，你就会觉得心底宽松，毛孔舒展，眉宇透喜，呼吸畅快。

倾诉也是一种艺术，说者和听者要有默契和配合。郁闷必须排解。这种排解用倾诉的方式是最自然也是最有效的方式。压制或急躁都会有害无益。西方基督教徒向牧师忏悔，大概也是一种倾诉与排解的较好方式吧！

也许，从基因排列的角度说，有的人天性快乐，有的人天性忧郁。但是，既然有较多的忧郁基因，为什么后天还要加重其忧郁，而不是采用排解与释放的方式呢？

愿天下人更多地享受快乐，世界也因更多的人快乐而变得更充满生机！

夏天来了，晚上大街、广场上处处是跳舞和做各种健身活动的人。那么，你带着郁闷，也融入这快乐的人群之中，一起去唱，去跳吧！

金钱的魔力与知识的魅力

中国人在跨入市场经济的大门后，越来越发现钱的魔力了。不仅建工厂、商场要钱，修道路、盖房子要钱，就是踢足球也是钱字当头。有了钱就能建俱乐部、花大钱买球星，于是风光处处。一个不懂文化的人只要拿出或筹集到几百万或上千万，就可以拍摄电视剧，成为制片人、出品人或挂更多头衔，并在银屏上频频亮相。至于用钱享受、吃喝玩乐，更不用提了。

这是悲剧吗？我看也未必，更不要骂东骂西。说到底，钱的运作，财富的积累也是一种成功的表现，这和战场指挥、建设的组织也有异曲同工之妙。但是如果由此发展，造成"可怜天下父母心，不重知识重金钱"，那就是真正的悲剧了。

闪光的金钱自然有魔力，但永远比不上知识、技能的魅力。因为金钱是外在的，是物质的，它的拥有者永远只能享有支配的权利，它不可能像知识和技能的拥有者那样享有着与自己共存亡、不可转让的专利。

一个有钱的人可以买到一张文凭，挂个学士、硕士的头衔，但他终究不是该学科的真正学士与硕士，他的内在货色不可能因此而变化。也许，你可以拿钱出一本诗集，甚至拿钱雇他人写诗署你的名字，诗集精美地出版了，并陈列在你的书架，甚至签名送人。是的，你依然内心空虚，因为你知道你并不拥有作诗的才能。是的，"有钱能买鬼推磨"，但也只"推磨"而已，你的才华、知识、技能永远不能用钱买到。

看别人写得一手好字，你羡慕至极，但你用你的金钱只能买些名家字画挂在四壁，你甚至可以在书法家协会捐一个理事，但你如果不坚持自己去练，金钱帮不了你多少忙。看别人说一口流利的外语，你最多只能花钱雇一个翻译，自己如果不进外语学校去熬日熬夜练习，也只能是个外语哑巴。

金钱是可以转换的，知识和技能是不可以替代和转让的。也许你今天很穷，明天突然中了一个百万彩票，或者接受了一份远方的遗产，或者在生意上运气极佳，连连得手，你都可能顷刻成为大款、豪富。但是在知识和技能面前，任何人都不可能一夜之间成为暴发户，你就得忍受十年寒窗之苦。要想自己能和外国人用外语直接交流而不靠翻译，你就得忍受两三年的学习之苦。"梅花香自苦寒来"，享乐永远和知识无缘。

你的父亲是大科学家或大画家，他去世后你能继承他所有的财产，但他的头脑里的知识和画笔下的功夫你连一星点儿也不能继承。道是无情却有情！你却又能奈何?！

所以，钱的魔力永远是有限的，它不可能散发出知识与技能所独具的魅力与快乐！

个人的钱财可以被抢，被偷，但是个人的知识与技能永远是安全的，强盗和小偷都无能为力。亿万财富瞬间就可以通过一张支票或法律手续转让，但知识与技能通过任何法律都不可能转让给他人，哪怕是自愿的，哪怕是转让给你最亲爱的人！

我曾经对我的女儿说："爸爸不可能给你很多钱，但爸爸会全力传授你知识，帮你学习技能。"她终于经过个人的努力拥有了比较广博的知识，多门外语及职业钢琴演奏能力。这也许比苍白的遗产更辉煌！

钱是有魔力的，财富是需要积累的，但人更需要积累的却是知识和技能。一个社会文明进步的程度最重要的标杆是社会的平均知识和技能的水平。对个人来说，尤为如此。

　　当我们具有了高等知识与高级技能时，我们可以说，我们已拥有了财富，而且是能创造财富的不可转让的真正财富。

生日——快乐和感伤的抒情诗

在一片特别的气氛中——或者喧闹、或者热烈、或者平静，在或多或少的人群中，你突然成了中心，无论你是美丽的还是丑陋的，无论你是有权的还是没权的，无论你是才华出众的还是毫无文化的，无论你是年迈的还是童稚的，此刻，你都能享有一次成为中心的权利。因为，这是庆贺——

你的生日！

生日是纯粹个人的节日。

世界上有各种各样的节日和辉煌的纪念日，那是属于整个国家的、民族的、社会的或者并非寻常人物的。无论哪一个社会性的节日对你都很重要，但作为一个人，你能拥有一个你自己的节日。这就是生日。

庆贺生日，这真是人类最伟大的古老文明。哪怕所有的节日都不存在了，每个人都还是有生日这个节日。这是不可抹掉的、无可争辩的节日。

在温馨的灯光下，一支支蜡烛点亮了。空气里弥漫着松软的奶黄色的气息。你兴奋而胆怯地扫视那些为你而焕发的脸，你一口气吹灭了象征你年龄的希望的蜡烛。于是，快乐的潮水荡起你和所有人的思绪。

紧张的工作吞噬了你所有的闲暇，你差不多像机器上的零件下意识地运转；突然，你上班后，发现经理给了你一封生日的祝贺信和微薄的礼品。你的笑容轻轻撑开了，浑身上下像被云擦洗过那般轻松。

你孤独地到远方去旅行，为一件公务或写作，你滞留在滨海的一个小城；傍晚，你总是孤独地散步，然后在屋里听反复一个曲调的涛声。黎明，你发现地上塞进一份电报："生日快乐"。啊，还是有一个人在惦念你！

躺在医院的病床上，你平静地望着雪白的天花板，默默地数着你的一生，也许弥留的时刻已经到了，不必感到痛苦。你竭力搜索那几段你异常珍惜的往事。宁静在陪伴着你。门轻轻开了，一束鲜花送到你的床头。在人们祝贺后，你不禁想："即使面对死亡，生日也是欢乐的，强大的。"

是的，生日一年一度陪伴着每个人。对多数人来说，它不构成历史，没有任何意义；但它的价值正在于它对其他人没有价值，这种渺小正是个性的巨大价值。

它是强大的，因为它代表一个人的降临和存在。

它是美丽的，因为它展示着一个活脱脱的生命。相貌可能有美丑之分，但生命本身却永远是美丽的。

它是那样充满人情，含情脉脉；它是一份永远属于个人的财产，既不会被出售，也不会被抢劫，也不会破产。每个人庆祝自己的节日不可能也不需要妨碍他人。

它与生俱来，与生而去。你拥有它，直到生命结束。

但是，这个美好的日子对不同的人在不同的时期往往唤起不同的感觉。

毫无疑问，生日对童年是最富于诱惑的，是名副其实的"生日快乐"。在生日的前后几天，都会有各种美好的幻景包围着他们。但是人过了二十岁，生日就开始有一种不同寻常的滋味，童年那种渴望长大的兴奋感就渐渐消失了。

我曾在一首诗中写道：

中年的生日像橄榄果
尝试过的人生就不大像人生

所以，中年人对待自己的生日往往是最漫不经心的。这一天，他们既不快乐，也不感伤。也许，要到老年，重新因"寿"而发现自己存在的价值，才会又渴望生日那一天，并期望在这一节日中表现出自己的强大、满足和威严。那么，是"寿桃"了；那么，是"寿酒"了；那么，是该接受种种"称号"了，是该享受前半生功勋所承颂的果实了。

但是，我们如果认识到生日这一纯"个人性"的非凡价值，我们会拒绝社会新闻式的社会表演。我们宁可体验另外一种风景：不管我们拥有多少物质上、精神上、权力上的财富，当我们拥有自己节日的这一瞬间，我们依然远离那浮华，只在个人和亲密的人中，平静而欢快自然地度过。这就是自己抒写的诗——无论快乐还是忧伤。

随着年华的消逝，我也往往有意淡薄自己的生日。人在走生命下坡路的时候，会寻找另一种心理的平衡：忘却年龄，再努力一程。当然，生性自由坦荡的我，也厌倦于那世俗的生日方式。

但是，我依然为世界每天有千万人在过生日而兴奋，为世界上每天有千万个节日而感到生命的有趣。

那么，让世界充满热热闹闹吧！

草坪上蒲公英的启示

童年时，我就喜欢野外的蒲公英。

早春，它就扬起那黄色的小花，不顾一切地伸展着，即使碰到一两场冷雨或雪，它也不退缩；只要再受到阳光的抚摸，马上就欢开了。在郊野稀疏的草地或路旁，它那圆圆的灿烂的微笑实在是早春最自然的奉献了。它要求很低，几乎在什么土壤里都能生存，它也不怕践踏，它的花是一体的，它的花瓣不会脱落，更不会被摧残。它的微笑是永恒的，是那在冬天后必然到来的春天的最普遍的感觉。

而它那绒球的种子，更是匆忙地来到人间。微风一过，它们就像小伞一样飘飘荡荡地在空中飞翔，然后落入随便什么土壤，开始新的繁衍。

这一团团绒球伞，是春天里孩子们的玩物。放在嘴边，鼓起腮帮轻轻一吹，所有白色的种子便像降落伞飞向半空，比吹肥皂泡更能引起童真的兴味与幻想。

这次在四月来到美国，我更为遍地草坪上这种黄色的小花而欣喜了，我想，在春天的草地上，如果只有无尽的绿，缺少这一朵朵黄色蒲公英的点缀，该多么地煞风景。所以我常常停立路边与宅旁，看着它微笑着迎接我这远来的客人。

可惜我是太浪漫了，太从诗的角度去感悟人生了。原来宅园的主人并不喜欢这黄色的小花，他们在清除草坪时往往要把蒲公英拔除，因为这些蒲公英太顽强了，生长得太疯狂了，如果任其蔓延，蒲公英会吞没这一片片整齐的草坪；而且，它们生长得很不规则，长大了就很野，会占去很大的领地。

天哪，这春天的微笑竟然是要被消灭的丑恶的对象！

可是，又有什么办法呢？谁能让它只安静地生长，只构成草坪上一种点缀，而不疯狂，而不泛滥，而不欺侮姐妹的青草……

我想，这该就是那种"度"吧！世间万物，都有个"度"，都需要天然的"平衡"。

超越了"度"，美也成了丑，超越了"度"，喜爱可能变成厌恶。

自由也只有在"度"中才能显示出美、潇洒与受人尊重。

而我们的举止、言谈、习惯、交往，甚至友谊、爱情、家庭，是不是也都有一个"度"呢，是不是也需要一个"度"呢？我们又该怎么学会去掌握这个"度"呢！

亲爱的朋友，愿我们在生活中去体验、去感悟、去实践吧！

随便找一个自己的座位

天底下，你活着，总会有你一个位置。

你在办公室，你在山中的茅舍里，你在火车上，你在公园的湖畔，你在豪华的别墅，你在街心的一角，你在舞台的中心，你在拥挤的观众中……

总会有你一个位置，无论这个位置是大是小，无论这个位置是重要还是平凡，但是，你总有一个位置。

你失去社会的位置，你失去职业的位置，你失去爱情的位置，但你最终还会剩下——

一个大自然赋予你的位置。

只有当你最终离开人世，属于你的位置才最终消失。

当然，这么去理解是非常消极的。

在人的一生中，位置是十分重要的，位置是一个人终生奋斗的目标，甚至是人类繁荣发展的基本动力。

在原始社会中，人类刚从原始的动物状态进化出来，位置的问题也就毫不留情地摆在生存的空间之上。如果你是酋长或部落统领，你的位置立刻显赫了。你瞬间与众不同，你在物质上和精神上立即享有特殊的待遇。奴隶会羡慕苏丹的后宫，老百姓会胆怯红色的宫墙，教徒会膜拜梵蒂冈的圣殿。

某种位置代表着权力，利益的及精神上的满足。

在位置的争夺中，演出了多少或残酷或惊险或诡谲或奇丽或悲壮或忧伤或英武或猥琐的故事。所有的历史为此而形成，所有的艺术为此而丰满；人类故而光怪陆离，不可理解而又能演绎得头头是道。

而另一种争夺则如水下的暗涌，表面亦如晴朗的天空，亦如一汪平静的湖，那是精神领域中的追逐。一部书的诞生，一项科技的孕育，一种表演技巧的攀登，都在不断地变换着人与人的位置。

还有种很有趣味的现象，那就是人与人之间情感的位置。也许，它属于天然的成分更多一些，但也不尽然，往往也充满了戏剧性的痛苦和残忍。

总之，争夺充满了人生中的各个侧面。如果是单纯的争，气氛多半会是平和的；而如果是复杂的夺，就必然充满硝烟味了。"两虎不同笼"，"卧榻之旁，岂容他人酣睡"，就赤裸裸地表现出人的特性和对位置的贪婪追逐。秦始皇游会稽、渡浙江时，项羽在一旁观看，立即说："彼可取而代也。"就是这种心态的绝好写照。一个位置，有你无我。在今天的现实中，这种状况也依然延续。

而在传统的中国，对位置则看得更重，更褊狭，甚至座位，座次，都是斤两计较的。《水浒传》中的卢俊义未入梁山泊前，第二把交椅只能空着。中国人吃饭，坐席也是分出主次，马虎不得的。这种观念，渗透到生活中的每一个角落，在意识中，溶化于每一个细微的毛孔。

位置的问题，使我们本来不轻松的生活中，平添了许多繁累。

漫步在大自然的怀抱中，徜徉于潺潺的流水声中，我常常为大自然的和谐而感动。各种绮丽的鲜花各自开着，它们占有自己的位置，却无意于身旁别的鲜花；各种伟岸的树生长着，它们都保持着一定的距离，它们的根须互相渗透着。当然在动植物界也还是有个天然的生态平衡，但那是为大自然所选择的。

我们能否更多地向自然靠近呢，随着我们人类从童年走向青壮年（在地球形成四十六亿年中人类社会毕竟才几千年啊）这样庄严的时刻，我们高意识的生物总该更懂得如何处理我们自身的弱点。至少，我们可以化干戈为玉帛啊！

作为一个人，我们存在了，我们就有存在的权利，也就有占有一个位置的权利。

但是我总在思索，我们怎么才能更轻松更和谐一些地去生活。

其实，我们只需要找到一个支点，找到内心平衡的支点。这就是说，重视自己，发展自己，但又不去争夺什么位置。只要你自己感到舒畅，什么位置都是可爱的。你上班八小时有个自己的位置，八小时以外你更有一个更广阔更随意的位置，这不是号召退归山林，与世无争，而是真正地认识到自己，选择自己的方向。当我们的自身价值发挥出来时，我们总会有一个位置。"桃李不言，下自成蹊"，尽管我们并非渴求这些。我们会活得很充实，很轻松。我决定这样地去生活。

漫长的人生岁月使我越来越懂得，对我来说，重要的是减轻身上的负载，包括心灵上的负载。

> 悄悄地让出多余的位置
> 为心灵轻松而宁愿远离

这是我两年前写的一首诗中的两行。这种心态帮助我逐步走向真正的人生，虽然为时晚了一些。

悄悄地走进人生的露天剧场，环顾偌大的中心舞台，然后随意地穿过圆形的看台，在剩下的空位中，我只随便为自己找一个座位……如果没有空位，那我就在后排或过道中站着……

遗忘有时是很惬意的

在人们喜欢"过目不忘"并讨厌"记性不好"的日常生活中，我多少有些赞赏"遗忘"，这是不是过于不合时宜或太"酷"了？

当然，记忆能力大小对做学问，对工作都是十分必要的。有超常记忆的人往往就是天才。而一个"超常遗忘"的人恐怕只能算十足的傻瓜吧！

我自己也常为没记性而犯愁。一年前，我发誓去背老子的《道德经》，可谓日复一日，而且用早晨那种"脑袋清醒"的精华时间。背着，隔日再复习；上篇几乎背得滚瓜烂熟了，好不洋洋得意，但一年未摸，竟一切又归还如故。"遗忘"终结了我读《道德经》的历史。

这"惬意"吗？当然不，只能归入"可悲"的文件夹。

但我为什么仍然要把"遗忘"和"惬意"挂钩呢？

我想，这缘于我们生活的越来越复杂化，苦于记忆的东西太多，使我们不快活，并进而忧虑，烦闷，并扩散成心理的癌细胞。

天哪，有多少数字，有多少事和人要去记忆呀！

几乎每天，你都会认识各式各样的同事、同学、上下级、公务来往者，以及所谓"哥们""姐们"交换着数不清的名片，寒暄着，应酬着……再见面的时候，你再努力认出哪是你的熟人，再打电话的时候，你要辨别出那是谁的声音？

你面对着不断挤进你生活的媒体，日报、晚报、午报，几十个频道的电视、广播，大街小巷里发生的新闻，花边、红边、黑边，乃至远至大西洋一个什么岛上的事情，也都要往你记忆的头脑中占据一个位置。

更有那些推都推不开的数字强迫你去记忆，你的18位身份证号码啦，你的储蓄账户号码啦，还有你自己设的密码啦，你的保险、股票、国债号码啦，你的自行车、汽车号码啦，驾照号码、车牌号码啦，你自己的以及你朋友的电子邮件、电话、手机号无穷无尽的号码啦，也多多少少想让你记住，分享快捷、灵便……

这些劳什子！怎么可能记住？要费多大劲才能记住？思来索去，还不如现用现找，平时落了个"遗忘"干干净净，轻松惬意。

真的，人脑有可能超过电脑，也有可能不如电脑。但要记住，电脑也会有爆棚，需要清空的时候，难道人脑就不需要用"遗忘"去清空，或者说不断清空吗？

该记住的就让它记住，该遗忘的一定要让它被遗忘，这也是人生的哲学之一。

随着岁月的流逝，我们经历的人和事肯定越来越多，我们没必要把每个人、每件事都铭刻于脑海。忘了就是忘了，没什么可惋惜的。

偶尔在一个什么场合，碰到一个故知与邂逅过的人，对方非常热情地和你叙过去，而你并不记得，那么，抱歉地一笑说想不起，也会轻松地往下进行了。

一个异性朋友给你的电话，她不告诉她的名字，硬要你猜她是谁，但你不善于辨别声音或忘了这曾经有些熟悉的声音，你也可以坦诚承认自己的记性不灵或什么的，免去猜测或搜索枯肠翻箱倒柜去找记忆之苦。

你为你自己的某个生意或事业竭力想去记起或寻找某个人或某个电话号码，或某些关键的事，但终因模糊或遗忘，你放弃了你的努力，那也不必为此遗忘而苦恼。

至于中学时学过的几何、三角，八竿打不到边的小学中学同学或早已离开的街坊邻居，甚至三天打鱼两天晒网式学的外语，甚至童年背熟了的《三字经》，遗忘了也只好让它遗忘了。

遗忘是人的生理的一个现象，遗忘的过程对不同的人的不同生理有不同的表现。为什么一些事容易遗忘，为什么另一些事却难于遗忘，为什么此时轻于遗忘，彼时却又重于记忆，这里面有某种潜在的、下意识的、带规律的东西。为什么父亲送别时跨火车道的背影终生难忘，而对某一个经历过的战争画面却又记不起来？这种特定的人和特定的事，主观和客观，有意识与无意识之间特殊的排列组合是超乎我们的控制范围的。

因此，我们对待遗忘的态度应当平和些，宽容些，轻松些。我们不会为某种遗忘而懊恼，反而会为这自然的结果而惬意。

俄罗斯诗人叶甫多申珂能背诵自己所有写过的诗，甚至一二百行的长诗，二十世纪八十年代末，他在北京朗诵自己的诗整场不看稿，我有几个中国诗人朋友也有此本领，而我自己写过的诗总是很快就交给了天空和大地，几乎背诵不了一首自己的抒情诗。为此，我也终于学会祝福自己的模糊，原谅自己的"遗忘"。

一切顺乎自然，让自然去筛选一切，这几乎成了我不算信条的信条。

因此，我往往庆幸遗忘，为遗忘而惬意。朋友，我有一个美好的主意，就是不要去背太重的记忆包袱吧！那些美丽的、动人的、发散异常魅力的人和事、爱情、亲情、友情乃至商情、起起伏伏的事业情感会让你终生难忘，甩也甩不掉，遗忘那些是不可能的。而当你回首往事时，你已经遗忘的，就不必努力去思索了，当你正在前行时，也不必为某种遗忘而停顿，你轻松前行，并暗自开心。

真的，遗忘有时是很惬意的！

我和吉他

我写过一首散文诗，题目叫《遥远的吉他》，是这样叙述的：

一个寒夜，电车玻璃窗上挂满了霜的寒夜。

他走着。风像冰冷的铁针，刺着脸，星星被冻住了，连眼也不眨一下。石子路上只有他笃笃的脚步声。

一辆马车从他身边掠过，车灯是那样昏暗。

他走着。他要去寻求温暖……

那一扇门打开了。灯光像乳白的牛奶，吐着红舌的壁炉像摆尾巴的小狗，热流包围了他。一个俄罗斯老人欠身拉着他的手，不是突然，没有勉强，泉水一样真诚的微笑，一个姑娘倚在窗前，在弹着吉他。

温暖的加糖牛奶，熟悉的眼神，搅拌着沉默。

这时，吉他的琴音仿佛从幽远的白雪的林中传来，一阵寒气，很快被浑厚的低音的温暖所融化。老人在唱着《三套车》。有节奏的吉他伴奏，像碾着冰雪的车轮，空对着荒漠的月亮。

他不知道琴声什么时候结束的，不知道什么时候离开这扇窗户，像彗星一闪，记忆只有一次。

吉他的声音越来越远，却又仿佛越来越近。

这是我第一次和吉他如此接近的幻影式的波痕记录。也许，这是一次极偶然的真实，也许这只是少年的我的罗曼蒂克的虚构，但对我个人的记忆来说，这已是我的不可抹去的存在。总之，我爱上了吉他。这种乐器一开始就给了我灵魂以奇特的魅力。

那时，我正在被称为"东方莫斯科"的哈尔滨学俄语。确实，当时的哈尔滨充满了迷人的异国情调。南岗区大街上几乎每三个行人中就有一个俄国人，更不用说尖尖的喇嘛台和东正教教堂旁的墓地了。但是在冰天雪地里首先使我温暖的就是吉他。

恰好，我的一位俄语老师就是吉他手。可惜，那时学生和老师的来往也是很少的。我只是偶尔去过他家几次。我往往呷了一两口他招待的牛奶，目光就停留在壁上的那把金黄色的吉他上，怯生生地建议：

"弹一曲吧，我很爱听的。"

他的手很瓷实，手指粗厚，轻轻地一拨弄，屋里顿时充满了激越的回音。他弹的俄罗斯民歌，柔美深远，如泣如诉。我在街头听过俄国乞丐用巴扬演奏的这类民歌，此刻，却别是一番情趣和滋味。我越来越觉得，吉他所发出的声音是最接近人性的。老师把吉他递给了我，让我拨弄两下，但是除空弦外，我弹不出乐音，因为没经过刻苦磨炼的手指是难以按住弦的。我像捧一件圣物那样，把吉他交还给我的老师。

这时，我心底流过幻想的耳语：我也要有一把吉他，我也要学，哪怕只学会弹一个曲子。

现在的吉他青年很难理解：想买把吉他，这对二十世纪五十年代的家境贫寒的大学生来说算是一个多么了不起的抱负。

显然，在整个大学生活中是无法企望实现这一抱负的。

我再没什么机会去触摸吉他，但是那声音一直陪伴着我，使我沉迷，步入另一种感觉世界。

固执的我并未忘情，只是深埋……

我终于在工作后的头几个月，省吃省用，寄去三十元钱给我的俄语老师，托他买回了一把旧吉他。

当那金黄色的圣物终于为我所拥有时，我确实有一种类似获得爱情的喜悦。我反复端详，发觉这也是一把意大利的吉他，很像老师的那把。他是否以这种虽然有偿却便宜的另一种赠送方式表示他对我的师生友情呢？这位老师只在一年级教过我，后来换了几个老师，我也只是因为吉他和他多少保持些联系的。我毕业后再也没见到他。听说，他不愿离开中国，但客观条件已越来越难以使他居留这块土地。听说，他终于离开了，是回到了西伯利亚还是拉美？再也无法考察。

当然，我那一代人更"享受"了这种"客观条件"。很快，大规模的政治运动就一浪一浪地拥簇而来。不过，我还找到过一位收费的朝鲜人吉他教师。当时，教吉他和学吉他的人都寥若晨星，大概在我当时工作的百万人口的大城只有这么一位教吉他的老师，乐队和音乐学校都不用这种乐器。我向他学了三个月，第一次按五线谱正规学。我是二三个月的幸运儿。我终于用简单的和声弹出了俄罗斯民歌《草原》。

啊，那简单的乐音，竟然如此奇妙地从我手指下流出，真是一次偶然的相逢，让我倾情神往，使我自己羡慕自己，我觉得，我又找到一种寄托，一个属于个人的人生寄托。

和所有二十世纪五十年代的大学生一样，我的途径也是坎坷的，因为我们正巧在最年轻的时候赶上了"知识无用"这班车，蹉跎了将近二十个年华。当然，也不仅是政治风云，在生活中，好像也很少有情趣，谈不上什么"八小时以外"的个人天地。至于吉他这种乐器，几乎和奇装异服一样属于该批判的东西。本来我对吉他就刚入门，又不可能找到老师，何况，这种纯舶来品一看上去就散发出"资产阶级气味"，我也就很少弹了。

这把意大利吉他风风雨雨跟我南调北调。它忽而积满了尘土，忽而又被我擦得锃亮。我望着琴格上留下的我的指痕印，总有另一种世界的感觉。偶尔，在一个春天的夜晚，或在夏日橘红的黄昏，我又抱起吉他，无师自学，或者再弹《草原》……当然，我后来又学会了《快乐的家庭》《鸽子》等几支曲子，或者自己随意拨弄几个和弦，胡乱地配着，哼起那时允许唱的民歌。于是，我的忧郁和偶尔的欢快，都伴随那些弹得不太好听却能迷醉我自己的声音而飞出窗外，追逐那些浪漫的野花和凋零的红叶。

幕布换得是如此之快，仿佛没有经过幕间休息，中国的改革开放就一下子席卷了中国人的生活。我想，吉他的普及和异峰突起可说是一个奇妙的有魅力的明证。有一部电影叫《路边吉他队》。我看着其结尾处几百名青年同时演奏吉他，感到极为怆然。当我们的统计表上列举着我们十年生产了多少吨钢，多少台电视机时，我们是否想过，我们生产了，多少科学家，多少英语通，生产了多少首诗和多少个的吉他手？

我想，当然我对吉他一见钟情和今日青年喜欢吉他是一样的原因：吉他富有人性，富有青春的魅力。它的音色纯清优美，它不吵人，无论在草地上还是在沙龙里，它都给人愉快。它的伴奏是那样简明而丰满。谁不愿意自己伴奏自己唱啊！它又不像钢琴、提琴那样难学，它既能登"大雅之堂"，又能登"小雅之堂"。它有极其艰深的技巧，复杂的独奏曲，又可以利用几个简单的和弦陪伴自己唱歌。而且，这种乐器看上去又那么潇洒，富有温馨的气息。我明白了吉他怎么能对一个越来越认识自己价值的开放社会产生那种吸引力了。

　　我为这种社会现象而欣喜，我为千千万万的吉他手不断诞生而快乐。这些后生弹吉他无论在技巧上或是感觉上都很快超越了我，但我毫不为此沮丧。我需要做的事情太多了，空闲时间越来越少，但我仍偶尔抱起吉他，哼一二小曲，并且仍不断地学，用一种蜗牛的步子前进，掌握了一些现代吉他弹奏的手法。我想，那些刻苦而有才华的青年用两年时间达到的水平，我即使用二十年的时光去达到，也心甘情愿，因为终于是"达到"了，这就比空谈强一百倍。

　　那么，吉他，我的吉他，陪我慢慢地去走完我生命的历程吧！

在墓地的艺术中徜徉

我曾在一首诗中多少有些忧伤地写过这样的诗行：

生命不多了，
像一个乞讨者
袋里没有几个铜子
甚至也无法行乞
……
欢乐是永存的
但已快没我的份
甚至想去尝试痛苦
也已经来不及

当然，全诗的基调不是悲观的，而是对自己来得不算太晚的这种觉醒意识的肯定。

于是，多年来我是害怕回忆的，不想看自己身后的脚印，拒绝写任何带有自传色彩的东西。我宁愿"向前看"，既然生命已经不多，有什么必要再用生命去数落已经逝去的年华呢？等到老到什么创造力也没有的时候，再去孤独地欣赏自己的里程吧！此刻，大胆地往前走，无暇也毋庸回顾。

只是，在前行的时候，偶尔也触动记忆闪动了一个什么火花。我不知道这种近乎强迫又近乎自然的回顾在哲学的判断上是好事还是坏事，但我往往还是来不及诉诸文字。

也许还是"生命不多了"的缘故，眼看着熟识的同辈早逝，参加一些说不上是感伤还是烦躁的悼念仪式，墓园一词常常切入心中……

其实，我对墓园最早的兴味产生在我十七八岁的时候。这几乎一直是我一个隐藏的秘密。

那时，我在哈尔滨念大学，修俄语。我少年的性格就有些狂放不羁。我宁愿只身从江南温柔的水乡投奔冰天雪地的北国，宁愿从一个俄文字母都不会开始去攀登这一艰难的山峰，宁愿身无分文过着舍不得花钱坐电车而用走路代替那种清贫的生活。这催化了我的奋发感和孤独感。

大学的生活总是平静的，当时来不及污染的城市点缀在异国情调之中。我的校园在南岗，奶黄色的建筑星星点点散落着，它和街道、民宅或不知名的机关并列着，浑然一体，几乎没有围墙，自由地穿行。课堂和食堂隔一条小马路，等于出了一个校门又进另一个校门，回寝室的路虽然不远，却也是在街上走。这和当前一般大学校园的封闭性很不同，学生实际是置身在社会中，与市民毫无隔绝之感。

在学校另一侧，隔一条马路（算是主干线吧，因为路上行驶着有轨电车），在一片树丛中，隐约矗立着一座俄国东正教的教堂。尖尖的塔顶在灰白的天空上给人以幽深而冷漠的感觉。它的四周倒是有低矮的围墙和铁栅栏，一座铁门多半是虚掩着，好像很少有人进入那个静谧的世界。

开始，我对这片净土并没有特别注意。也许，因为入学不久就临近冬天，零下三四十摄氏度的严寒会扼杀人们任何寻访的兴趣。只是有一天早晨，好像又碰到星期天，哈尔滨出现了异常艳丽的雪挂。我孤独地沿着教堂外面的围墙走下去，进入一片白桦林。这时，眼前的美丽难以形容。开阔整齐的桦树在雪原上展开，每一根枝丫上都裹着绒绒的雪。那雪不是飘落的，是吸附的，甚至像是枝丫本身渗透出来的，松软、晶莹、美丽。在雪白的阳光照耀下，枝丫闪动着春天的风情，到处是雪的蓓蕾，仿佛转眼就要绽开，而白桦树的躯干也是银白色的，在白色世界里又增添了一层浑厚的底色。空气中飞舞着无数细白的雪粉，使你的目光飘忽，飞升或下沉。这所有的颜色看起来是一样的，却又千变万化，在白色中区分出各种层次和差别，只有拿手的画家才能描绘。而此刻的我，只有感官上的享受。

在自然的静谧中，我忽然听到钟声，在白色的静谧中，我第一次感到钟声的特殊魅力，它好像颤动了雪挂的枝丫，发出难以言传的回声。我知道钟声来自教堂，我转身看着尖尖的塔顶，似乎十字架上也飘动着白色的雪挂。我不由循着钟声寻去。这是我第一次感到教堂在我身边存在，我想跃进那所铁门，虽然我绝不信教。这个安静的世界第一次在我面前打开了。我伫立在板结的雪地上，望着身边走进教堂的俄国人，他们在胸前画着十字，神色肃穆，对他们来说，这是庄重的时刻。忽然我不想进教堂了，也许也不敢看个究竟。我闪到一棵树下，我眼前的景色仍然是开阔的。这其实是一片很大的园子，树木和雪地伸展着，教堂建筑反而显得很小，像雪海中一只黑色的船。

我决定走向园子的深处。我感觉不会有人来打扰我，而我也不想打扰别人。小径上的雪相对来说松软了。冻的雪粉在脚下飒飒作响。树挂在微风中摇曳着银色的粉末，洒落在睫毛上，使眼睛不时要眨一眨，重新习惯前方。

拐了一个小弯，我怔住了。这是什么所在呀。雪地上凸现出各种形状的雪雕，长方形的、尖形的、三角形的、圆柱形的，雪浪一般地起伏。它们是从地下长出的雪笋吗？是各种微型的建筑吗？刹那间我觉得比白桦林中的景色更难以捉摸，更有奇特的美感。

我惊讶地发现，我已置身于墓园。这些形状不同的美的雕刻都是死者的墓碑。我把脚步放得更轻了，生怕打扰了死者的温暖的雪梦。有的墓穴显然盖上了大理石，雪的平整说明了一切，我看不清上面镌刻的字，但我并未用手去擦掉雪，因为我不想看清什么。缓慢地走，心沉静下来，随意地想着，这就是一切。

我不是来凭吊的，我只是无意闯入的，但我此刻却已产生对这些不相识的死者的悼念之情。也许，我的心境比教堂里祈祷的人更虔诚。我看到不远处有一束红色的鲜花在墓碑前，显然，刚刚有人来过。不知为什么，我没有走近那束鲜花。我走开了，我不愿碰碎这雪地墓碑群中一束红花的想象。

整整一个冬天我都为这一次身边奇遇所温暖着。但是不知为什么，我竟没有再造访这离我只有几十米的美丽的所在。

北方的春天姗姗来迟却异常温馨，我开始常常来到这个我秘密的所在地，有时早晨来这儿背俄语，有时黄昏来这儿散步。地上的青草一股脑儿冒了出来，蓬松细软，黄色的和紫色的野花夹杂其间，高大的树和低矮的藤蔓都显得异常活泼。这时大理石的墓碑发出一种很有生气的光彩，徜徉在墓园，你不仅没有恐怖感，也没有荒凉感，你甚至觉得花木和墓碑是统一的建筑，是大自然为这一片春天所作的整体的设计。

我开始细细地端详每一个墓碑的记载。有的死者身世显赫，密密麻麻的古俄文书写着他的功绩。有的死者朴实无华，碑文上只有一个姓名和生卒年月，有的死者镶嵌着照片，有的大理石上留下了美丽的诗行，还有的勾勒着让人想象的简易线条肖像或花纹。每一个墓碑的形状和格式都不相同，甚至大理石的质地、颜色和花纹也不相同。有的墓碑很小，甚至被小草掩埋了大半截。观察这些不同的墓碑，想象着死者的性格和树碑的亲属，后人的境况，是很耐人寻味的。这时，你绝不会有死亡的悲冷感，而仿佛走进了艺术博物馆，享受着美的创造。

也许是春天的缘故，我的视线在一位少女的照片前落下了。她圆圆的脸、卷曲的头发，仿佛随着春风跑过来，用明亮的眼睛看着眼前的世界。她的神色中充满诧异和欣喜，小嘴微微地启开，似乎想说什么，我越是看她，便觉得她是在看我，她的目光那样甜美而毫无顾忌，我反而胆怯地把脸转过去，但我又不自主地被吸引着。我们像捉迷藏似的看来躲去。她当然是俄国少女，却有中国女孩的风情，也许是混血儿吧！很可惜，她的墓碑上只有这一张镶嵌的照片，碑上没有任何的文字，甚至没有姓名。这种特殊的安排，是偶然的疏忽，还是有意的构思？刹那间，我觉得，这张照片与墓穴的死者毫无联系，它只是随意飘落到墓碑上的，像一片春天的树叶。

渐渐地，我敢于和她对视了，我们之间变得亲切起来。她似乎已启口问我："年轻人，你在想什么呢？"

我羞怯地低下了头，随手从草地上摘下一朵野花。

忽然，她甜美地笑起来，两颊上的酒窝像蓓蕾一下子绽开，她轻轻靠过来，带来一丝丝呼吸的颤动："告诉我，你爱我吗？"

我战栗了。我无法抵抗她的问话，少年的秘密是最无瑕的也是最神圣的。但我的确快速地回答了："姑娘，我爱你！"

我知道，我没发出任何声音。我和她的交流是在无声中进行的，墓园里安静到只有我急速跳动的心音，春天为真诚打开了一切，春天也有权为真诚掌握一切。面对春天，秘密是多余的。

她终于满意地笑了。但她也立即沉默，眼神也转而忧郁。

我知道，我们将永远陌生。

我虔诚地把手中的野花放在照片之下。

我知道，她会向每一个喜欢她的人发出这样的呼问，无论是少年还是白发的老人。她热爱生命。她有权要求一切善良正直的人也爱她。即使在这儿长眠，她仍然会用她的青春召唤对生命的热爱。

经过这一次精神的高峰后，我不敢再到这座墓前，甚至不敢再看一眼我曾如此钟情的照片。我愿把最后的一瞥保存在我的记忆里，让它按照原样在每个春天发芽开花。

我依然常在早晨或黄昏来这墓园漫步和看书，或轻声地朗诵我喜欢的抒情诗行。这一片死者安眠的地方，却给了少年的我以许多生的欢乐。

工作后多年我都没有重返这个城市，"大跃进"和"文革"的旋风席卷了我们一段段美好的生命和美好的珍藏。我几乎放弃一切关于艺术的想象。直到二十世纪八十年代初期的一个夏天，我才有一个只身寻访的机会。当然，这一切被消灭了。我惋惜，却又庆幸，在我的生活中，终究有过这样一个美好的记忆。

命运驱使我去过祖国很多城市。我确曾留心寻访过许多墓地和陵园，但都没有给我艺术的满足。

我没有去过莫斯科，据说那儿有个叫"新处女"的墓园，是专门埋葬作家、诗人、艺术家的地方，是一个十分安静美好的、能唤起憧憬的所在。

我们什么时候能革除圆圆的土冢的习惯呢？占了很多土地又挡住了视线。我们需要绿草如茵的墓园，在平整的绿草野花丛中偶尔凸现一二精致的大理石墓碑，是多么自然。它只是像公园里的指路牌一样让你前行，或者让你伫足短暂休息。

对于死者来说，这是休息和永恒的回忆。

对于生者来说，这是艺术的漫步和对创造更美好生命的一次默默的倾诉。

独轮车

在我童年生活中，最难忘的是独轮车"吱——呀""吱——呀"的呻吟。

我的家乡是长江边上一个有名的米市，河网纵横，运输主要靠船。不管这船载重多少，吃水深浅，河流的慈爱的胸脯总托着它，不会使人有痛苦的感觉。但是独轮车就不然了。

这种独轮车整个是木制的，轮子也是木制的，大概外面箍了一层铁皮。木轮上驮着一个大木架子，两个长长的叉开的扶手，就是它可怜而丑陋的形象。其实，说它可怜是不对的，因为也就是它，成了我们小城运米的主要陆路工具。

想想吧，两侧的木架上，一边一袋米，就有四百斤重啊！推车的人先把拴在两个扶把上厚厚的布带套在肩上，像马套上轭一样，然后两手抬起扶把，这样独轮车就和两脚构成了三点一个平面。从力学的角度看，这又是扁担的两头，虽然由于扶把长，轮子挑了大头，但推车人的肩膀上仍然负有相当的压力。而负重对他们来说，已变成次要的了。问题是推，要把这载重四百斤的没有轴承的木独轮车，在坎坷的青石板路上推向前进，其困苦可想而知。

我常常站在家门口看门前这长长的车队。"吱——呀"，"吱——呀"极滞长而沉重的声音塞满了我们那条小街，空气仿佛也凝住了。他们弓着腰，眼睛是浑浊的，但决不旁视，只盯着前面的路，米袋像小山坡一样妨碍着他们的视线；那两只手，又开挺直地扶着车把，像焊上去的铁棍，肩上套的布带或皮带子把脖子拉成一条红红的深沟。他们的两脚也是又开地前进，这样使平面更大，重心更稳，但步履也就更其艰难了。腿上的青筋像一条条红色的蚯蚓，随着他们缓慢的步子上下蠕动。

我久久地看着他们，怀着心灵中天然的同情去看着他们。但他们并不看我，他们只盯着前方。他们也不呻吟，也不喊号子，只憋着气往前推；他们不能走神，就像在走钢丝，稍一不慎，车失去平衡，马上就倒。我见过几个已上了年纪的推车人，车倒了，也把他们摔倒在一边。有一次，大约折断了腿，再也未起来，很久后被抬送到医院……

"吱——呀""吱——呀"，车队过得那么缓慢，比送葬的队伍还缓慢，简直就是一种蠕动。每转一圈，就要发出一声"吱——呀"的痛苦呻吟。

这条青石板路，因这些木独轮车的蠕动，碾出一条深深的沟，这样，轮子几乎像在槽子里行进。沟是很深的，下雨天没有车，我把脚伸进去，脚脖子都淹没了。很难想象，如此坚硬的青石板，居然被压出如此深的沟，需要这原始的工具多少次的轧磨，需要推车的劳动者付出多少代人的汗水，还有鲜血！

"吱——呀""吱——呀"，这声音既吸引了我，又使我很痛苦。那像绝望的呼唤，那像沉重的抗议，那像苦恼的宣泄，压迫我的耳朵。有一次我看着，忽然躲到灶间大哭起来，家里人莫名其妙，以为是谁打了我。我没有作任何回答，我幼小的心灵说不出这种痛苦的缘由。也许，我模糊地感到，是有人抽打了我，是整个生活在抽打着本该解下重轭直腰生活的人。

后来，我工作后重返家乡，这条路上的青石板已经拆除，又重新铺过，再也听不到那"吱——呀"的独轮车声了。是因为没有了独轮车，人们不再需要这条沟——独轮车的路，还是因为路翻新了，没有沟的路不需要独轮车？总之，这路和独轮车都成了记忆。

当然，我在别的小城依然见过被独轮车碾过的青石板路的残迹，我常常仔细去寻那条沟，去想象那"吱——呀"的声音。我当然不是留恋，我只是因这独轮车的前进想起很多关于我们民族的事，比如在没有机械的条件下长城和皇宫的建筑，秦始皇陵的建造……

我茫然了，也许是一种伟大，但又是多么辛酸和苦涩的伟大啊！

排箫声中的橄榄树

一个异域的秋夜，天蓝得犹若虚幻，窗外便永远是窗外了。

我和秋夜，相随相影，沉默便永远是沉默了。

此刻，仿佛从云彩后面，洒落下一串乐音，弥漫在我这没有开灯的厅房；我知道，那是我播放的盒带中又出现了几乎和我每个夜晚必然相逢的乐曲《橄榄树》……

> 不要问我从哪里来
>
> 我的故乡在远方
>
> 为什么流浪
>
> 为什么流浪远方
>
> 为了我梦中的橄榄树

词是没有的，有的只是乐音，融化了这些词的美丽寂寞的乐音。

写词的三毛已永远地远去了。一个追寻生命、热爱生活的精灵选择了生命的驿站，留下让作曲家永远充满想象的词，完成了生命终结的风景。

我会无数次地听过《橄榄树》的演唱或碟带，我感动，却不幽怨，唯独这支用排箫奏出的经过配器的《橄榄树》乐曲，使我一次次沉入三毛的意境。

这排箫中的橄榄树仿佛来自浩渺的天空，扩散于你每一根神经，更仿佛来自无人迹的深山，和你擦肩而过，只留下一阵淡淡的清香，更仿佛飘流于江湖之上，波光月影在乐声中使你难于自持。绵绵不绝，飘逸无期，柔音幽远，幻化造型。无法找到开始，永远没有结束，你只能跟随其中。这排箫创造出的无形的流浪是那样自然贴切，使你感动，只有这排箫吹出的声音才能引导你去流浪，只有这排箫吹出的声音才能把你带到远方。

这是我第一次领悟到中国乐器排箫的慑人魅力。我感谢李泰祥先生创造出如此的《橄榄树》旋律，也感谢周成龙先生为其改编配器，此刻，却更感谢杜冲先生用排箫传出的这极具灵感而深情的演奏。因而我想，一支乐曲只能用一种特定的乐器才能传神，正像《梁祝》只能用小提琴一样。那么，《橄榄树》属于排箫，在我已确定无疑了。进而我想，一支乐曲或歌曲也要选择特定的环境与特定的人，那么，在歌厅听到对《橄榄树》的滥唱，也一定似乎听到这支美丽的深情的歌曲被蹂躏的呻吟声吧！

啊，世间一切好歌，都在期望最懂自己的乐器，最懂自己的演唱者，还有最懂自己的环境氛围、时间地点，以及最属于自己的听众。

我爱你，中国的汉字

　　我写着写着，常常为我面前这一个个方块字而动情。它们像一群活泼可爱的孩子在纸上玩笑嬉戏，像一朵朵美丽多姿的鲜花愉悦你的眼睛。这时，我真不忍将它们框在方格里，真想叫它们离开格子去舒展，去不受拘束地享受自己的欢乐。

　　真的，它们可不是僵硬的符号，而是有着独特性格的精灵。你看吧，每个字都有不同的风韵。"太阳"这个词，使你感触到了热和力，而"月亮"却又闪着清丽的光辉。"轻"字使人有飘浮感，"重"字一望而沉坠。"笑"字令人欢快，"哭"字一看就像流泪。"冷霜"好像散发出一种寒气，"幽深"两个字一出现，你似乎进入森林或宁静的院落。当你落笔写下"人"这个字，不禁肃然起敬，并为"天"和"地"的创造赞叹不已。这些有影无形的图画，这些横竖勾勒的奇妙组合，同人的气质多么相近。它们在瞬间走进想象，然后又从想象流出，只在记忆中留下无穷的回味。这是一些多么可爱的小精灵呵！而在书法家的笔下，它们更能生发出无穷无尽的变化，或挺拔如峰，或清亮如溪，或浩瀚如海，或凝滑如脂。它们自身就有一种智慧的力量，一个想象的天地，任你尽情飞翔与驰骋。在人类古老的长河中，有哪一个民族能像中华民族拥有这么丰富的书法瑰宝！

　　为什么说中华民族是诗的民族呢？这些美丽而富有魅力的文

字生来就给使用它的人带来了诗的灵性。看着这些单个的有色彩有声音有气味的词，怎能不诱发你调动这些语言的情绪呵！西方现在有少数诗人在追求"玩文字"，但他们怎么能从二十六个字母的组合中去找到"玩文字"的魅力呢！只有中国的汉字，几万个不同的字形，几十万、几百万种奇妙的组合，足以产生遣使文字的快乐，甚至能在语义以外寻求那种文字对人类思维和感官的想象力！中国的汉字是高度悟性的结晶，必能训练出人的悟性。

也许，这又多少有一些悲哀。据说那种偏重对悟性的训练是会影响科学和理性的。那么，是不是因为中国汉字没有时间的变化就影响了人们对时间的概念呢？是不是因为汉字创造了那么多血缘不同的称谓而使得中国有无穷的繁文缛节呢？多么奇妙啊，这些方块字竟和一个民族的习性相关连！

在世界的文字之林中，中国的汉字确乎是异乎寻常的。它的创造契机显示出中国人与世不同的文明传统和感知世界的方式，但它是强有力的、自成系统的，它用一个个方块字培育了五千年古老的文化，维系了一个统一的大国的存在，不管这块东方的土地上有多少种不同的语音讲着多少互相听不懂的方言，但这汉字的魅力却成了交响乐队的总指挥！

面对着科学的飞跃，人们在慨叹中国技术的落后，想在困惑中寻求摆脱这种象形文字带来的同世界的阻隔，因而发出了实行汉字拼音化的震撼灵魂的呐喊。是的，这种呼唤曾经搅动得人们热血沸腾，却有点堂吉诃德攻打风车的憨态。中国的汉字以其瑰丽雄健的生命力证明了自己的存在价值。是电脑接受了汉字，而不是电脑改变了汉字。在攀向科学高峰所出现的复杂思维状态中，倒是那种拼音字需要不断地再造，以至于到了不堪忍受的烦琐程度，唯中国的汉字反而焕发出青春，轻而易举地用原有的词汇构成了新的概念和术语。真的，中国的方块字能消化各种外来的新创造，因为它拥有一个单字的海洋。在人们熟悉这种文字后，可寻求的新的组合和创造的天地是那样的宽广而简便。

我是中华民族的子孙，是喝扬子江的水长大的，也许，和别的民族一样喜欢夸耀自己的东西。俄国的罗蒙诺索夫不是用诗的语言赞美过俄罗斯语言吗？但我不是传统的盲目维护者，我只崇尚人类文明的创造。在我粗通一些西方文字后，就越来越惊叹中国汉字的无与伦比的创造力了。

唉，像徜徉在夏天夜晚的星空下，为那壮丽的景色而迷醉，我真的是无限钟情我赖以思维和交往的中国汉字，并震惊于它的生命力和奇特魅力。我想，在人类历史的长河中，这种文字将越来越被世人所珍惜和喜爱。

我的使用汉字的同胞们朋友们，请去发展它丰富它吧！历史和文明正向我们投来新的目光！

体验汉字的魅力

中国人的全部智慧和执着都体现在不可撼动的凝聚力上。这不仅由于独特的生活方式，更由于独特的观察方式和思维方式，甚至文字处理方式。为什么懂得"日出而作，日入而息"，却又按月亮去规划节气、农事，甚至只过"月亮年"呢，为什么能创造出最简练的数字计算方式（个、十、百、千、万、亿、兆），却又没想到拼音或者说放弃拼音而造型出汉字呢？

在欢度"月亮年"，或者说阴历年、旧年、春节——这个全世界华人最盛大、最家庭化、最统一的节日时，我又一次为我们的汉字而沉迷，而赞叹，而浮腾那不可抑制的陶醉。正是这了不起的汉字，维系和主宰着全世界所有的华人和华裔的精神。但是，这还不是汉字的全部力量。

当人们深沉地说"音乐是人类最后的语言"时，是人们体验了音乐对人类从听觉方面所产生的全部魅力，当梵·高的画以五千万英镑拍卖时，也是人们对视觉艺术价值的肯定。那么，文学呢？它仅仅是靠它的社会性和思维的可感性而存在吗？所有的作家可能还必须探求由文字本身的刺激所勃发的效果。

在这方面，汉字突然像一座丰富的金矿，使其他用拼音文字所创造的文学黯然。汉字的可感性从形象本身就能给予读者以感官上的刺激。"雨丝"二字，顿然使人有飘动之感。"花开花落飞满天"，笔画本身就有张缩起伏的韵味。"妩媚""窈窕"会因字形而产生那种女性的风采，这些普通的文字也是不可能被翻译的。即使翻译，也只剩下意义上的可思维性。偏颇一点说，外国文学译成中文是增色，而中文文学译成外文是减色。

我曾和加拿大诗人说，我认为只有中国文字是诗的文字，就拿音韵来说，西文如果押韵字形必然相同，而中文同韵异形的字则太丰富了。而且，一字一音和由字组词所构成的诗的效果有无法想象的美丽与神奇。更不用说横竖排版的自由和字体变化所幻制出的视觉奥秘了。

文字的构成方式对文学中的文字力量是具有决定意义的。同一首诗或一段文字，用汉字和用汉语拼音的文字写出来给人的感觉是失之千里的。

随着年龄的增长我越来越感到汉字力量所带来的压迫，作为文字艺术家的诗人、作家，我懂得了我们祖国文字的全部奥妙吗？我该怎样小心翼翼地去体验这种文字的魅力并展示出它的全部辉煌？对于这座蕴藏极为丰富的金矿，我们才窥其一斑，远远没有去开采。我们笔下能流动出多少词汇？我们在选择词汇和语句时，是不是只简单地从意义上着眼，而没去深思其文字形象本身在不同组合和行列中所焕发的神采？是的，每个字都是活泼的小精灵啊！我们是否赋予了它新的生命，还是让它老态龙钟？！随着文明方式的拓宽，我们又该怎样去创造新的文字体验效果？通过以语言艺术为己任的手笔让普通的人习惯新的文字模式？开放我们古老民族某些由于文字本身而束缚精神的现象，因而勇敢地去更新那些词汇。正如一场白话文学的革命，导致一代人的新觉醒一样，文字注入新的血液一定会影响到整个华夏的思维和观察方式。

我们毋庸去担心其他国度是否能承受这种方块字，而应考虑我们自己能否运用好这一极富表现力的独特乐器，演奏出人间最佳的音乐。学习我们的文字，丰富我们的文字，热爱我们的文字，提炼我们的文字，像提炼一钱钱的金子。

这不是普通的文字，不是作为语言表达的简单的符号系统，它甚至可以离开语言而单独存在。它既是语言的象征，又是超语言的存在；它是有生命的实体，它具有感观上的刺激；它是独立的艺术品，而且它孕育出了书法艺术；它具有无穷的衍生能力；它是生产语言和文字的母体；它是最古老的，却又具备最现代的感觉和适应力。

大地茫茫，宇宙无限。临近春天的雪花在不知名的地方飘落着。我常常莫名孤独地面对汉字，我和它在做最有生命力的交谈。

如果真的如哲人所说，音乐是人类最后的语言，那么我的浪漫的想象和荒唐的预言就是：汉字作为奇妙的语言载体和超语言的存在，会得到全世界智慧者的无穷开拓，终于成为人类最后的文字。

第四辑

林中草莓

林中草莓

秋天，林中再也采摘不到草莓了。

在树叶筛落的阳光斑点下，亚丽弯着腰注视着草丛。她折了一根树枝，撕去干涩的皮，她感到手中有树汁的清凉。

摘草莓的季节已经过去了。草莓是属于夏天的。

亚丽仍固执地用树枝拨弄着前行，眼睛期待着一个异常的闪光。

这林中草莓——哪怕是一颗，对她来说，也是关系到一生命运的。

昨天深夜，她躺在床上，对着窗外朦胧的月光，她和命运打了个赌。草莓象征着她的幸福。

对于一个 17 岁的农村姑娘，未来，视野中的幸福是很窄的。她妈妈就很幸福，她外公外婆虽然总是唠唠叨叨，也是很满足的样子，村子里的人也都显得很幸福，可是，倒霉得很，亚丽在高一时不知怎么爱上了诗。开始，她很快乐；她星期六从镇上回村，她体验到一种过去没感到过的美丽，更不用说这村子五里外的林子了。后来，她就莫名地忧郁起来。

她一时搞不清自己。也许，是诗放大了视野，而放大了的视野就显露出空虚。

外婆叼着烟袋数落着亚丽。妈妈说："女大十八变嘛！管不了哪!"

去年夏天,她又神采飞扬。她和同年级另一个班的男同学偷偷地互相喜欢了起来,她居然写出了一首爱情诗。

她记得,她是夹在一本《读者文摘》中交给他的。再见面时她脸红了。她赶忙把还回的杂志塞进书包。那男同学说:"你不检查少了什么东西没有?"她一掠头发把话题岔开。

那天,她和他到林中去采草莓。

那些草莓,映在碧绿的草丛中,像一颗颗镶嵌的绚丽的珍珠。

她感到一种诗的骚动。她一时判断不出,是闪光的草莓启开她灵气的瓶塞,还是身边发出男子汉气息的人。

当黄昏随着雾气而弥漫时,当他们就要离开林子的最后瞬间,男同学终于吻了亚丽,确实只有一下,因为亚丽不许。

他们相约毕业时再来摘草莓。

但繁忙的复习功课、考大学使他们不知不觉遗忘了夏天。

后来,命运作了另一种安排:男同学考取了一所名牌大学,亚丽却落了榜。

距离开始淡化情感。三天前,男同学来了一封信,为新的环境和未来而异常兴奋,忘了提夏天草莓的事。

但是,亚丽仍要到林子中去。草莓的季节已经过去了。这不妨碍她寻找。

秋天的树林比夏天更斑斓美丽。亚丽更喜欢那琥珀色的树叶,不知为什么,她害怕红叶。

小径忽隐忽现。林子上面有黄鹂的鸣叫。

秋天的阳光依然温暖。她不禁坐在铺有落叶的枯黄草地上。她不想再去找草莓了,只坐着,甚至躺下,望着稀疏的天空,听着窃窃私语的落叶。显然,此刻的大自然都在羡慕一个十七岁的女性。

亚丽觉得唇边滑出了几行好像是诗的语言：

> 为什么林中的草莓
> 到了秋天更使人追寻
> 夏天在灿烂中被忘却
> 正如在幸福中
> 人们不注意幸福一样

她不想再去组织诗句。也许，根本就不存在这些赋有文字形式的诗，这只是她一种朦胧的感觉。

她漫无目标地扫视这成熟而又凋零的景色。

一个奇迹发生了：就在一棵白桦树下，她看到了一颗半红半白的草莓。她欣喜地跳起来，跑过去趴在那颗草莓前。真的是新生出的草莓。啊，是哪一滴雨水和哪一朵阳光把它孕育出来的呢？她匍匐着身子，像祈祷似的吻着那草莓。

她决定不摘这颗草莓，而且不再来看它。让这一瞥留作她终生的记忆。

亚丽到底是亚丽，她也无力冲破生活的氛围。现实终于取代了诗。她也拗不过妈妈的规劝，五年后她还是嫁人了。不过那个秋天发现的草莓还是给她带来了好运气：她比她妈妈终究更幸福一些，她进了供销社；而且在女儿长到七岁时，她当上了供销社的副主任。

又过了十年，亚丽的十七岁的女儿更亭亭玉立了。

"妈妈，我爱上了诗。"

亚丽"啊"了一声，像被人撞了什么隐私一样。当她镇静下来，她才为自己刚才的失态不安。她确实想不起来，诗是怎么回事了。她已和诗横亘着博物馆。

亚丽望着女儿那甜甜而痴迷的样子，像猛地想起什么，说：

"夏天了，你去那林子里采草莓吧！"

女儿疑惑地望着妈妈。

亚丽想起，那片林子十多年前就被砍掉了，变成了农田。

卖菱角的姑娘

在我家的门口，靠着凋剥的墙角，有个卖菱角的姑娘。小小的竹篮，上面铺一块土蓝布，就是她的全部财产和希望。

她穿着洗得发青的夏布衫，像那时乡下女人一样，头上扎一块白布，系的结那样入时，看上去像一朵新摘的栀子花。她的面孔，秀丽而又端庄，虽然经过田野的风雨，肌肤却那样白皙，那眼神，那微笑，使人愿久久凝视。

在我幼年的眼睛里，她就是我想象中的仙女。

她摆在面前竹篮里的菱角也因她的容颜而发出光泽。那些菱角，有的血红，有的淡青，有的像紫檀，有的像乌梅，玲珑剔透，滚在上面的水珠，闪着琥珀的光芒。

那些菱角真美，如果用她那洁白的手一个一个挑给你，就会格外的甜美。

我喜欢买她的菱角，把家里给我的一点钱都递给她，并用我孩子的天真的眼睛胆怯地凝视她。而她，总是对我微笑。

我讨厌一些男人，用贪婪的眼睛轻佻地跟她嬉皮笑脸。我觉得，我要是长大了，有力气，一定保护她。

她肯定也喜欢我。有时在中午顾客少，有时卖完了菱角天色还早，她常常问我借带画的书，还让我念给她听，因为她不识字。

我那时一点也不懂，她为什么不上学，为什么不识字？这样美的姑娘，说话这么好听，应当能写诗的呀！

后来，她很久没来卖菱角了。奶奶说，她嫁人了。

后来，在一个夜晚，还是奶奶说的，她淹死了。也不知怎么的，就淹死了。

我于是变得沉默，我的眼睛常常注视着天空，第一次觉得在我的心里，少了一颗明亮的星。

觉 醒

活着的人，总会有欲念。

从呱呱坠地，他就喜欢轻快缓和的催眠曲的歌声。

健康的体魄，预示着健康的正常的欲念；耳朵喜欢听愉悦的话和歌，而不是爆炸和恫吓，眼睛寻求美的颜色，姿态，人和自然的和谐；肚子期求温饱，甚至胳膊喜欢拥抱，嘴唇等待甜蜜。

不，还有思想、智慧，一种了解、洞察，创造的欲望，对未来的揭示，对人生的改造，那些崇高的行为甚至能遏制生理的需求。

那些可爱而又生出烦恼的欲念啊。

自然和人生给了你们多少矛盾！在通向满足的路上，有多少泥沼，荆棘和峰谷……

也许，这些欲念导致罪恶，也许它们孕育出美好，但它们是不可消灭的，只要遗传的基因不变，只要那些细胞在体内繁殖。

人啊，会永远这样追求下去。在美与丑的搏斗中打扮这世界，直到那些欲念和真善美一起诞生、成熟和死亡。

密林中

一条林中小路忽然隐没了……像溜掉了蛇，像断了溪流，像一支没唱完的歌曲。

于是，我的脚步突然停了下来。

但树叶仍向我絮聒着，小草仍向我舞动着，只是它们也变得神秘了，闪着狡黠的眼睛。

风从林中穿过，在悄悄地询问：

讨厌的紫藤看出我的迟疑，开始逗弄我，并用那绳索般的手，拉扯着我的胳膊。

我望着没路的前方，草丛更深了，被遮断阳光的空间像下着雾。而身后的一朵野花却在微笑。

这时，一只黄羽红嘴的鸟在我头顶叫了起来，发出溪水叮咚的婉转；然后像箭一样飞向前方的密林。

它一下明亮了我的眼睛，复活了我心中的歌曲。我抬起了脚步。

于是，我听见了前方的水声，甚至密林那边阳光在花丛中流荡啜啜的声。

我向前走去，并在心中唱起那支我唱过但未唱完的歌曲。

水仙花悄悄地开放了

　　一株柔弱静美的水仙在我的写字台上开放了。

　　我不知道它什么时候打的苞，但是它慢慢地开放了。

　　白里泛黄的花朵，像童话里的小姑娘的眼睛，羞涩地瞧着我，探视着陌生的世界。

　　为了她的诞生，那碗中清莹莹的水，仿佛在轻轻地回旋，那洁白温柔的阳光，仿佛在为她沐浴，而四周的空气，因为她那永远散发出的淡淡的香味而变得爽洁了。

　　她一动也不动，没有风给她婀娜的身姿，但她不是做梦，她是在凝思。

　　我一动不动地坐在她身旁，也不是在做梦，是在凝思。

　　我们两个生命在春天里默默地交融。

沉睡的维纳斯——看一幅名画

那样的柔静，那样的自然，像一朵云。没有一丝牵挂，像一支歌，催动着初开的玫瑰。

青春而红润的面庞，在沉睡中越发甜美了，浓密的头发，垂落在肩后，手、脚的姿态自然，协调，裸露的身体上流荡着玛瑙般的光泽，仿佛能看到胳膊的微动，感到那梦中轻微的呼吸。

在她纯洁、美丽的裸露的烛光映照下，整个天空变得暗淡了，没有风吹动树叶，看不到一个生物，所有的静谧笼罩着她的梦，远方，在黄昏的淡红色的风中，仿佛飘动着柔美的笛音。

一切都因这自然裸露的维纳斯而美化了，大自然，宇宙，树木，山岗，房子，都只是为了衬托她的存在，她的美好和她的幸福。

站在她面前的我，升华起一种纯爱的感情和对生活的追求，我那双看惯了道貌岸然的眼睛，也不再含着忧郁和悲哀，因为我觉得这位女神反倒是可爱的人！

跳伞者

只描写过，那些绚丽的伞，映着白色的云，

只描写过，那半空的飘浮，那优美的造型；

都是在看跳伞的人的眼中的反射，都是看跳伞的人的想象。

而那些跳伞者呢？什么是他们在高空中的最深的感受？

闪电式的一冲跳，一、二、三、四、五、六、七、八，嘴默默地叨念，镇定中也微微隐藏一丝惊惧，耳畔只是风，心急速下沉，突然，拉开手栓，伞，被风撑开，心像一下子被托起，脚底恍若踏上憩息的草地，一种难以言传的飘浮的柔软……

这时候，他感觉完全进入一个新的世界，那就是宁静，无边无际的宁静，在六七百米的半空，和脚下的城市似乎完全隔开，一丝音响也传不上来，空气和以太的波把地面上的声音完全隔离，那种宁静是生活中没有过的，甚至在深山中也不会有这个感受，而那种宁静，又不是死亡，不是原始的宁静，就像胎儿睡熟在母亲的子宫中那种感觉，柔软，温暖，舒适……

在半空中和同伴谈话，声音像透过水晶那样明澈，传得遥远遥远，而对方的回答听来如铃，没有丝毫的失真。结伴跳伞者之间的对话，构成了人间美丽的音乐。

只有这时候，才能使人感到大自然的全部柔美。

也许，为了这一刻，人们会爱上跳伞；也许，每一种幸福，都包含在勇敢的冒险之中。

冬天的松林

冬天的松林，充满着快乐的奥秘。

在白色的天空和白色的雪的辉映下，整个世界变得空荡而寂寞，而这一片不凋的松林，却展示了一个童话的王国，起伏着柔美的绿色。

它像沙漠里的绿洲，像春天里的梦，像老年人回忆中的青春。

由于失去浓荫而忧伤的太阳，照到松林伞一样的顶篷，开始欢愉了，并在针叶的拨动下，跳起轻松的波尔卡；悲冷的风一路上都找不到朋友，也为这一片丰满的松林而欣喜。于是，在每一根针叶，都响起一支支歌，倾诉寂寞和爱恋。

这里只有松树，别的什么树都没有，连个小灌木丝也没有，雪地显得非常洁净，看不见一片落叶的黑斑。啊，在一片白色的土地上，兀立着一柄柄直立的绿色的大伞，比夏天雨后的蘑菇还要诱人。

那么，倚着这魔幻的伞飞向天空去吧！

不，不，在这松林里的我，只愿在这柔美绿色的抚摸下，轻轻地，轻轻地，印下我的脚印，伴着这一年最后的绿色⋯⋯

期　待

啊，纷飞的大雪
冬天的美丽的客人
遥远的地平线上
闪着无数亮晶晶的星

鸟儿啄着屋檐下的冰
玻璃窗里印着红嘴唇
视线是那样的柔净
再望一眼，那可爱的雪纷纷

期待在抖动的枝头上
隐隐发出咝咝的歌声
开阔的田野和湖面
把希望引向辽远的探寻

化了的雪花从睫毛滴落
融开一串串美好的旋律
心啊，悄悄地吸着水汽
发芽的意愿在沉默中萌生

我来告诉你

我来告诉你
春风已吹开了封闭的门
松鼠在老樟树上欢腾
一只谁也没见过的鸟
苹果绿的嘴，绛红的尾
散落了的童话在海面上飞

我来告诉你
太阳抚摸苹果是什么滋味
一条小路像蛇那样在丛林隐没
泉水又从无人知的山涧流出
让摄影机对着金色的考场
熟悉的歌正在远方荡漾

我来告诉你
那最初的神秘的接吻
像清丽的月滑过绿茵的草径
金色的雾正从我们的心谷升起

我，你，他，她，都永远祝福
生活的舞步永远轻快而又美丽

清粼粼的月色

清粼粼的月色
流向我的眼睛
我的早晨不是太阳
它来得太迟
而且又太亮

夜晚好像并没有结束
梦的花还未绽开
逝落到远处的彗星
想象着一片莽苍的森林

多想听一支奏鸣曲
在还没有泛白的天空
多想体验开始的幸福
哪怕已在攀援中凋枯

瞧，地平线上金色的泉水
正悄悄地
流向我灵感的深湖

象

为什么，它会有死亡的预感
在临终的前夕
悄悄地离开同类
又孤寂地
躲进无人知晓的丛林

当离开世界的时候
它会不会哭泣
还是用粗大的鼻子
作最后一次呼吸
迟钝的眼睛
依然深情地
望着蓝天和草地

它活着，干它粗笨的力气活
死了，也不惊扰自己的同伙
让时间腐烂它的身躯
却给世界留下珍贵的象牙

古 柏

我坐在绿色的长椅上
面对着绿色的你
你默默地望着我
我在沉思
你也在沉思

我想的是你——
大自然的雕刻
给了你无比的神奇
百年的风雨
给了你傲岸的身躯
树干有了空洞，但你
仍旧苍绿，仍旧没有枯朽

你在怎样想我呢
风摇着你的枝叶
一只黑色的鸟飞起了
带走一些丑陋的回忆
我会离开你的

长椅空了

你还对着长椅

大自然只给了你这个位置

阳关，我没有见到你

童年，站在青石板的街心
我听过盲女弹唱过你
你，远得像星辰
你，一阵秋天的梧桐雨
迷惘而又凄切

爱和美
为什么常伴随别离
我想，会有一天
我会找到一颗情种
埋在你的沙砾中
或者坐在你的遗石上
遥想
时间的长河

我们一直没能见面
因为你很远很远
此刻我来到敦煌
我们挨得很近很近

我们还是没有见面
因为我不想见你

我——
不想再越过那沙砾
不想再经历那荒凉
不想看你仅存的一堆乱石
伴着无雨的干渴
更不想听那三唱三叠的歌声
再一次去勾动
我破碎了多次的心

阳关，我没有见到你
这才是我的心愿
我希望你仍远在天边
我希望处处
是朝雨，是杨柳，是故人

习惯了南国的葱绿

习惯了南国的葱绿
习惯了小桥和流水
习惯了藏着歌声的竹林

忽然马匹在跃动
带走了广阔的呼吸
没遮拦的绿色
升腾起一种原始的力

哪怕是大声呼喊
也敲不碎这瓶似的宁静
装饰了的少女在远方
在远方，还亮着
还未凋败的金星

从头顶飞过的鸟
留下铁一样的阴冷
看不见河，却有水声
野花隐隐约约

像是被吹散的浮萍

说不出飘在眼底
是忧郁还是亢奋
心默默地祷念
不要去寻求安宁的宿营地
让波动带走脚步
让草原洗刷南国的温情……

祁连山云雀

褐黄把眼睛都染色了
树比金子还难寻觅
土地裸露了全部秘密
思念成熟的秋风
只在骆驼草上留下叹息
寂寞像滑腻的蛇
冰冷着背脊

九月的祁连山
也许我造访得太迟
也许你也有过夏的新绿
愉悦遥远的情思
可此刻总是渴望
哪怕匆匆赶来几片雪花
也能装点脚下的砾石

忽然，一阵清丽的鸟鸣
滑过这蒙蒙的天空
恍若步入幽静的山林

又似荒原上横出雨后的彩虹
回声，到处是欢乐的回声
啊，云雀，是你
我们在祁连山中相逢

这声音唤醒了色彩
唤醒了灵魂的愉快
被遗弃的冷漠开花了
我又寻找到了失去的爱
而你，云雀——诗的精魂
可以不要树林，只栖居洞穴
但你真实的声音却无处不在

秋天的白桦林

那美如玉的枝干
在秋的蔚蓝中越发皎洁
掀起成熟了的波浪
没有鲜红的果子
但成熟的姿态、风韵
塑造出一个奇幻的山坡

每一片白桦叶子
是一枚闪光的金币
亮晶晶，水粼粼
像美丽的仙女
把大自然的富有
慷慨地给了她钟爱的人间

做一个金色的梦吧
让金色的光线
串起这一枚枚金币
和你的视线
一同飞往遥远的天边

乌篷船

低低的雨点，像针
绣着碧缎的水面
天上——朵朵云
河上——朵朵莲
无声里，似惊鸿
掠过来一只只乌篷船

拿桨的手
已不再枯槁
圆润的胳膊
出水藕那样新鲜
一串浪花的歌声
伴和着篷顶的雨点
惹得翻白浪的鱼儿
跳出来
想看青春的笑脸

荷花在近处摇曳
绽开自己金黄的莲蓬

为的是
衬托乌篷船的美丽

又一只乌篷船飞来了
却罩上彩色的莲顶
像刚露脸的太阳
丢一弯美丽的虹……

晌午，柔和的绿

晌午，柔和的绿
飘过弧形的山坡
蝴蝶在绛红的花丛
若游若离的丝，追逐
一只淘气的狗
风甜甜地滋润着感官
太阳热烈而不炙人

快活的小溪敞亮了
带着平静、幸福和音乐
一群群可爱的孩子
偏着头，光着屁股
笑声在打着秋千
忽而他们跳入水中
像是天上飞来的安琪儿
浪花溅破了阳光下奶酪的柔静

夏天，北方的山野

是一个短暂而惹人的季节
是漫长雪夜中温暖的梦

赶　海

热热闹闹的潮水走了
撩开了夜雾的纱帘
收拾完星光的帐篷
在寂寞的海滩上
留下大海的礼品

海螺里有歌声
贝壳上有图画
每一粒晶莹的石子
都有大海的语言
充满着快乐和奥秘

热热闹闹的脚步来了
追赶着依依不舍的潮水
是送别，又是祝福
湿漉漉的网袋里
装满了翡翠的海菜
上面流动着一轮刚升起的太阳

山中夜

风停了。夜踮起脚跟
把梦的黑纱从峡谷
拉到山顶，树睡了
垂下枝叶的臂膀

静寂无边无际
鸟声被清凉冻住了
月亮不做声，把银光
悄悄地扔向山涧的泉水

耳朵在无望地搜索，等待
一滴水，一阵风，一片落叶，
静得使人想咳嗽，甚至蚊子
嗡嗡，也像是欢喜的锣鼓

静寂吞噬了一切，好像是
生命的停止，在热闹中
人们向往安静，但死的静寂
比争吵声还要难受，还要可怕……

小城雾别

朦胧中看不清花的容颜
和那熟悉的小辫
生活是颤抖的无帆船
记忆躲在墙角，偷偷地
吻着那行将凋谢的牵牛花
令人神往的紫色
像由于害怕而发紫的嘴唇
眼睛的剪子，茫然地
裁着家乡的街道、房屋和菜摊
那是幼嫩的手
用纸叠的纸船、纸马
那是纯真的她
把笑栽在葡萄架下
破旧的棉絮会被青春的弓子
再弹成松软雪白的被套吗
只有无罪的雾的毛玻璃
掩饰了心底的痛苦
把一切真实都变得模糊……

雪　野

风静了
空气冻得透明
一夜的雪，把田野
塑成美的艺术品
在黎明开始前
没有一个脚印
去破坏这和谐与完整

松软的雪孔
露出怯生生的呼吸
洁白得使人不敢触摸
一个解放了的天鹅的梦
凋零的树一动不动
凝视被雪映亮的天空

总是那种期望
期望美丽的永恒
总是那种担忧
担忧美丽的消逝

啊，趁太阳还未把它消融
趁脏物还未把它污染
打开你灵魂的窗口
让目光像干渴的海绵
吸取瞬间的激情

秋天十四行诗

这一幕又结束了
演得那样久长
像跋涉过整整一生
演得又那样匆忙
像刚开始就又拉起帷幔
生命的烛光
在无声的甜蜜中摇晃
一切都来不及思索
也无法掂出它的分量
为什么要作悲哀的吁叹
去计算已经演出了几幕
最后一幕什么时候开场
只有记忆是永恒的
它只有新生，没有死亡

天坛月夜

清冷的月，如水
波动在玉石的栏杆上
一路的菊花也苍白了
静夜。只有情人的吻
在悄悄温暖空寂的殿堂

台阶上每一块基石
都变得冷静而沉思
回音壁在独自私语
穿过松柏林的风
带来远方成熟的甜香

我和农人已不再祈求上苍
但这建筑、月色、绿林却使人神往
当我远远地挥手告别
天坛——正像蓝色的星座
闪着梦幻般迷丽的光芒

夏天的夜晚

是凉爽的风的磁力
把人都吸到大街上
是柔媚的灯的滋润
让眼睛的鲜花一朵朵开放

夏夜，清粼粼的
胳膊是出水的嫩藕
空气里流动着冰激凌
夏夜，香喷喷的
洗得干净的皮肤
筛得那样细的笑声

终于消失了灰黑衣服的乌云
荡出花裙子的小溪
软语阵阵
都飘上绿叶的尖梢
像装饰一盏盏彩灯
像吐出一个个音符
人们擦肩接踵而过

露出和气、友爱和深情
相识的，偶然相逢的
都卷进夜风的波纹
忽远忽近的歌声
追逐着轻松的脚印

从杨树叶间筛下的阳光

从杨树叶间筛下的阳光
像一朵朵细白的波浪
撩乱着心的舢板
荡开的情思流向远方

两旁的住宅在岁月的风雨中斑驳
林荫道却更幽深，叶子摇得更响
人的鬓角渐渐地发白
树木却一年有一度青春的芬芳

有的脚印已被秋天掩埋
但新人的歌声纷纷扬扬
路是不会死亡的，只是你
既然还在走，就应当像个样！

在西北，春天该怎样开始

在西北，春天是这样开始的
风，永远是那干燥的风
越过没有林带的空漠
越过没有水的河床
像肆无忌惮的野牛
闯过一座又一座的城市
风，卷着黄沙的风
吹昏了整个的天空
打着吓人的哨音
从门缝和窗棂里挤进
刺激着耳鼓和神经
煽动起一种失火的预感
太阳苍白得像铝盘
尘土在路上形成烟柱
商店铺面新刷的油漆
涂满了灰黄的麻点
废纸片像最后的树叶
挂在灰褐的枝上
自行车摇晃着

像要沉没的孤单的小船
行人低着头缩着脖
从指缝里望着前面
忽然一顶帽子飞了
于是，风发出嘲弄的笑声
在西北，春天是这样开始的
天气预报：大风，还是大风
气温在黄风中升高
土地在黄风中解冻
远方灰色的长城
却不能抵挡黄沙的侵略
没有森林设防的城市
只有睁着眼睛巴望
任黄风抽干土地的雪水
任黄风压迫人们的呼吸
在肆虐的黄风里
还有什么春的恋情
还有什么可爱的声音？
黄风，就像那"横扫一切"的年代……
但是创造的人又伸出创造的手
要用绿色长城代替灰色长城

啊，该会有那么一个美妙的时辰
春天，在西北这样地开始
微风饱和着温暖的气息
微风流荡着湿润的清甜
是雨姑娘降临前飘来的轻纱

天空中看不见讨厌的黄沙

去污染洁白的云彩

那经过林带筛选的风

是轻柔的风

是绿色的风

是生命的风

是滋润身躯每一个细胞的风

啊，我们伟大的西北

于是我走到大街上

对着充满生机的大地说

春天，就该这样开始！

海滨日出

海的闸门忽然打开了
冲过来一道铁水的洪流
涛声一下子变得喑哑
像等待临盆前那样庄严、肃静

所有的云霞都翻滚跃动
光的箭一齐射向海岸和天空
大海举起浪花的旗帜
迎接一个辉煌的开始

沙滩、别墅、玻璃和山峰
都睁开了自己的眼睛
大自然的铁锚启动了
太阳的船继续伟大的航程

大海以它宽阔坦荡的胸怀
展示勇敢、灿烂的交替
逐渐西沉的月亮并不嫉妒
愿把黑夜让给欢乐、创造的白天

我这样教《雨的四季》

任 丹

《雨的四季》是一篇优美的抒情散文，作者抓住了四季的雨的不同特征进行具体描绘，表现了春雨的美丽娇媚、夏雨的热烈粗犷、秋雨的端庄沉静、冬雨的自然平静，它们曼妙的身姿或飘逸或缠绵深深印在读者眼眸中，抒发了作者对生命与大自然的热爱的感情。

《雨的四季》是部编教材七上第一单元中的第三篇课文。本单元的编写意图是：引导学生品赏优美生动的文学形象和文学语言，神游于优美深远的诗化意境，吟诵涵咏，熏陶感染，培养基本的语文能力，培养审美想象、审美情感、灵气、悟性，激发热爱生活、热爱自然的愿望和热情。《雨的四季》是一篇自读课文，"教读—自读—课外阅读"建构了新教材"三位一体"的阅读教学体系。自读课主要是让学生自己读，把教读课的方法运用到自读课中，自己去试验体会。

根据新的课程标准精神，从单元教材内容特点出发，结合本文的在阅读教学中的定位，在学习了《春》《济南的冬天》两篇文质兼美的美文后，学生学习鉴赏美文的能力已经开启，为了进一步激发学生的审美意念、审美能力，触发学生的审美情感，这篇课文的教学重点我想突出在一个"美"字。文章开头第一段

"我喜欢雨，无论什么季节的雨，我都喜欢。她给我的形象和记忆，永远是美的。""永远都是美的"，意味着雨无论什么季节无论什么姿态在作者心中永远都是美的存在。反复朗读仔细品味，你会发现雨的美是由外而内的，由形象到本质的，我认为雨的美可从三个角度层层深入地引导学生挖掘：雨本形态单一，但作者笔下的雨多姿多彩，"水珠子从花苞里滴下来，比少女的眼泪还娇媚""半空中似乎总挂着透明的水雾的丝帘，牵动着阳光的彩棱镜""花朵怒放着，树叶鼓着浆汁……"可谓姿态万千，风情万种，这是雨的姿态美。雨的音响、雨的气息，人置身其中，"可光头浇、洗个雨澡更有滋味……耳朵也有些痒嗦嗦的"，忘我陶醉，这是雨的情趣美。雨的四季性格各异，走过春、夏、秋、冬，从娇媚的少女到青春丰满的靓女再到出嫁生了孩子的妇人最后化身为平静而不乏浪漫的公主回归自然的怀抱，滋润天地万物，滋养一切生灵。刘湛秋的"雨"如新生的孩儿，在四季的轮回里渐生渐长，承载着生命、情感、精神行走于天地间，让生命之花熠熠生辉，这是雨的生命美。

刘勰说："夫缀文者情动而辞发，观文者披文以入情。"作者情生文，读者文生情。这一单元有意识地强化情感教育，注重发掘语文的情感源泉。学习这篇课文的难点是体会作者寄托在雨上的情思。文章命名为《雨的四季》，其实雨何尝知道四季，日月、时辰只对人才有意义，"四季的雨"也许更合理，但是在作者眼中，雨如人一样，是有生命、有情感、有灵性的。雨俨然成了与人平等的主体，雨的生命与其说是来自雨本身，不如说来自作者的赋予，雨的生命、情感、灵性来自作者的情思、情趣、情怀。这就需要我们从富有表现力的语言中用审美的情怀去感知生命美丽的状态，去触摸作者那颗永远快乐的心。

基于以上考虑，这篇课文的教学目标和教学内容拟定于下：

◎**确定核心教学目标**：品味雨展现的姿态美、情趣美、生命美，感受自然万物的美好，体会作者寄托在雨上的情思。

◎**确定支撑核心教学目标的教学内容**：

1. 反复朗读赏雨景

2. 调动感官品雨趣

3. 创意表达悟雨魂

根据以上教学目标和核心教学内容的安排，教学过程主要有以下若干环节：

一、导入

宋朝词人蒋捷有词云："少年听雨歌楼上。红烛昏罗帐。壮年听雨客舟中。江阔云低、断雁叫西风。而今听雨僧庐下。鬓已星星也。悲欢离合总无情。一任阶前、点滴到天明。"少年、壮年、晚年不同的人生阶段、不同的境遇、不同的况味，听雨的感受也不同。那雨带给被誉为"抒情诗之王"的刘湛秋又是怎样的形象和记忆呢？让我们一起走进刘湛秋的《雨的四季》，去感受他心中雨的世界。

二、通读课文，整体感知

通读课文，从文章中找出雨给作者的形象和记忆最直接的那句话。

"她给我的形象和记忆，永远是美的。"

三、品"美"

在作者眼中，"她"永远是美的，那么她的美到底在哪儿呢？我们一起去追寻，去探索。

（一）雨·物——赏雨景

雨润万物，"她"给四季的景物带来了怎样的景象呢，说说你看到的雨景并自选角度赏析"她"的美。

学生活动·例句：

（1）每一棵树仿佛都睁开特别明亮的眼睛，树枝的手臂也顿时柔软了，而那萌发的叶子，简直就像起伏着一层绿茵茵的波浪。

赏析：把"萌发的叶子"比作"绿茵茵的波浪"，并把树、树枝人格化，生动形象地写出了在春雨滋润下的树新鲜明亮、充满生机的特点。

朗读指导："睁"字读出动感，"特别"读出那份专注，"明亮"重读，流露喜悦之情，"仿佛"带着想象，虚幻又真实，"顿时"读出惊喜，"简直"饱含赞美。

（2）水珠子从花苞里滴下来，比少女的眼泪还娇媚。

赏析：将水珠子和少女的眼泪进行对比，写出了水珠的娇媚。

（3）半空中似乎总挂着透明的水雾的丝帘，牵动着阳光的彩棱镜。

赏析：以"丝帘""彩棱镜"为喻，形象地写出了春雨降临时的情状和春雨中大地的斑斓美丽。

……

春雨过后万物生机勃勃的姿态，体现了春雨的清新、美丽、润泽、娇媚。

（4）花朵怒放着，树叶鼓着浆汁，数不清的杂草争先恐后地成长，暑气被一片绿的海绵吸收着。

赏析："怒放""鼓着浆汁""争先恐后"生动形象地写出了在夏雨酣畅淋漓的泼洒下，万物尽情生长丰满的景象。

（5）而荷叶铺满了河面，迫切地等待着雨点，和远方的蝉声，近处的蛙鼓一起奏起了夏天的雨的交响曲。

赏析：荷叶、蝉声、蛙鼓，共同构成了一幅充满诗意的画卷，从听觉的角度描写雨的声响，写出了自然万物对雨的期盼。

朗读指导："远方的蝉声"渺远，读来语气轻缓，"近处的鼓蛙"，近距离，读起来稍重稍快。

......

作者的眼中，雨是姿态万千，风情万种的，无论什么季节，无论哪种姿态，总是美的。

（二）雨·我——品雨趣

刘湛秋对雨一往情深，他甚至说"只有在雨中，我才真正感到这世界是活的，是有欢乐和泪水的"，你能从文中找出让你感同身受的雨中的活动的句子吗？

学生活动：

（1）呼吸变得畅快，空气里像有无数芳甜的果子，在诱惑着鼻子和嘴唇。

（2）可光头浇、洗个雨澡却更有滋味，只是淋湿的头发、额头、睫毛滴着水，挡着眼睛的视线，耳朵也有些痒嗦嗦的。这时，你会更喜欢一切。

（3）忽然，在一个夜晚，窗玻璃上发出了响声，那是雨，是使人静谧、使人怀想、使人动情的秋雨啊！

（4）当雨在头顶上飘落的时候，似乎又降临了一种特殊的温暖，仿佛从那湿润中又漾出花和树叶的气息。

......

作者调动多种感官以诚挚而热烈的语言告诉我们，他在呼吸，他在谛听，他在品味不同季节的雨带给他的不同的趣味，在雨中，他与自然融为一体，他因投入而陶醉，因陶醉而爱恋。

（三）雨·生命——悟雨魂

"啊，雨，我爱恋的雨啊，你一年四季常在我的眼前流动，你给我的生命带来活跃，你给我的感情带来滋润，你给我的思想带来流动。""爱恋"指喜爱眷恋，多指男女之间，在作者的心中，雨是有生命的，雨就是女子，是性格丰富的女子，那四季的雨分别是怎样的女子呢，可用文中语言，也可用自己的语言形容。

学生活动：

(1) 水珠子从花苞里滴下来，比少女的眼泪还娇媚。

(2) 如果说，春雨给大地披上美丽的衣裳，而经过几场夏天的透雨的浇灌，大地就以自己的丰满而展示它全部的诱惑了。

(3) 雨，似乎也像出嫁生了孩子的母亲，显得端庄而又沉静了。

(4) 这雨的精灵，雨的公主，给南国城市和田野带来异常的蜜情，是它送给人们一年中最后的一份礼物。（冬雨变成雪花，是生命的升华，精神的淬炼）

……

春雨如少女般清新娇媚；夏雨热烈粗犷，是丰满诱人的靓女；秋雨似出嫁生了孩子的妇人，端庄沉静；聪慧的冬雨化装成美丽的雪花，是雨的公主，自然平静而不乏浪漫。

作者借自然的雨抒写人生之雨，借四季的雨抒写生命之雨，借雨的四季抒写生命之历程。雨如人，人如雨，从年少无知到懂事顿悟，从冲动激越到平静从容，从无知有为到有知无为，生命因可爱而美丽，因美丽而永恒。也正是因为如此作者将标题拟为《雨的四季》，而不是"四季的雨"。

四、质疑拓展

有人这样描述过刘湛秋：他的散文诗总是微笑着对待生活，哪怕经历了坎坷，体验了痛苦之后，仍然没有丧失美好的信念，仍然在诗中渗透着春天的绿意，洋溢着温暖的情思。

有学者说：刘湛秋的"雨"没有因地制宜，不同的区域雨是不同的，不符合"科学实情"，"总是美丽而使人爱恋的雨"是片面虚伪的，结合上面材料，谈谈你的看法。

明确：

刘湛秋："我是个快乐的人，用快乐的眼光去看周围，我觉得做一个人应当快乐，快乐才有青春，快乐才是生命。"作者有一颗永远年轻快乐的心，因此在雨的四季中看到的都是生命中激动人心的美丽，这无关于地域，无关于科学，只关于作者的心。

根据以上教学设计，课堂上注重抓住关键词和关键句的赏析朗读，引导学生感受雨的景象，雨的音响，雨的气息，领会雨的情趣，雨的性格，雨的生命。透过课文的语言文字，感知鉴赏优美生动的散文语言，由此进入美的意境。课堂上学生表现积极，语言丰富，情感细腻。现将这一环节呈现：

雨·物 ——赏雨景

师："她给我的形象和记忆，永远是美的。"在作者眼中，"她"永远是美的，雨润万物，"她"给四季的景物带来了怎样的景象呢？自由朗读课文，说说你看到的雨景并自选角度赏析"她"的美。

生1：请大家看到第二自然段，"每一棵树仿佛都睁开特别明亮的眼睛，树枝的手臂也顿时柔软了，而那萌发的叶子，简直就像起伏着一层绿茵茵的波浪。""睁开特别明亮的眼睛"将树人格化，用"绿茵茵的波浪"比喻"萌发的叶子"，生动形象地表现了春雨滋润下树清新明亮、充满生机的特点。

生2：我最喜欢"睁"字，写得有动感，有活力，"特别明亮的眼睛"又使人联想到绿得发亮的树叶儿，画面感极强。

师：来，现在用你优美的朗读将我们带入这幅清新的画面。

生2朗读。师生闭眼聆听。学生点评朗读。

生3：他用舒缓的语气读出了春雨的清新轻柔，"睁"读得特别有动感。

生4：我觉得"顿时"这个词可读急促些，突出惊喜之情，而"简直"应该重读、慢读，读出一种赞美之情。

师：读文入情，带着感情去朗读，文字就有了灵气，同学们看到"仿佛"，"仿佛"意为好像，将读者带入一个想象的世界，读的时候可以略作停留，给读者一个想象的时间。下面请同学们自由地有感情地朗读，读给你的同桌听。

师生齐读。（掌声送给自己）

生5：我看到了春雨的娇媚，"水珠子从花苞里滴下来，比少女的眼泪还娇媚"，将花苞里的雨滴和少女的眼泪比较，形象地表现了春雨娇媚的特点。

生6："半空中似乎总挂着透明的水雾的丝帘，牵动着阳光的彩棱镜。""丝帘""彩棱镜"运用比喻形象地写出了春雨降临时的情状和春雨中大地的斑斓美丽。

生7："花朵怒放着，树叶鼓着浆汁，数不清的杂草争先恐后地成长，暑气被一片绿的海绵吸收着。""怒放""鼓着"两个动词表现了花朵和树叶在夏雨浇灌下丰满的景象，"争先恐后"赋予小草以人的情态，展现了小草蓬勃生长的活力。侧面突出了夏雨热烈粗犷的美。

师：请你给大家有感情地读一读。

生7朗读。"怒发""鼓着""争先恐后"重读，读出热烈奔放之感。

师：作者运用比喻、拟人等多种修辞手法给我们描绘了一幅幅充满诗意的画卷，雨姿态万千，风情万种的，在作者的眼中无论什么季节，无论哪种姿态，"她"总是美的。作者还调动了多种感官展现了雨的各种情趣，你发现了吗？

……

由此引入"雨·我——品雨趣。"

教学反思：

回想这堂课的教学，以一"美"字串之，以"美"为切入点，入文入情，透过优美的文字多角度赏析，通过自主探究，个性美读的方式，用美景开启学生的审美眼光，美趣调动学生的审美体验，美魂熏陶学生的审美情怀，让学生充分领会美文的意蕴。精彩的课堂应该如动人的作品一样不会是一颗颗散落的珍珠，而应是一挂精美的项链。语言美、意境美、意象美、情感美珠珠串联，层层深入水到渠成地引导学生领悟作者寄托在雨上的情思。

这样的教学紧扣新课标的要求，有助于培养学生欣赏文学作品的能力，强化学生的情感体验。由于七年级的学生阅历和经历都有限，对于雨的生命的理解还是有一定的局限，领悟不够深刻，但这在情理之中，这提醒我在今后的语文教学中既关注提高学生的语文素养，也要注重提升学生生命成长的价值。